歪像宴獸

Ana Morphosis

邀請函

歪像冥獸

駕籠真太郎
Shintarou Kago

Contents

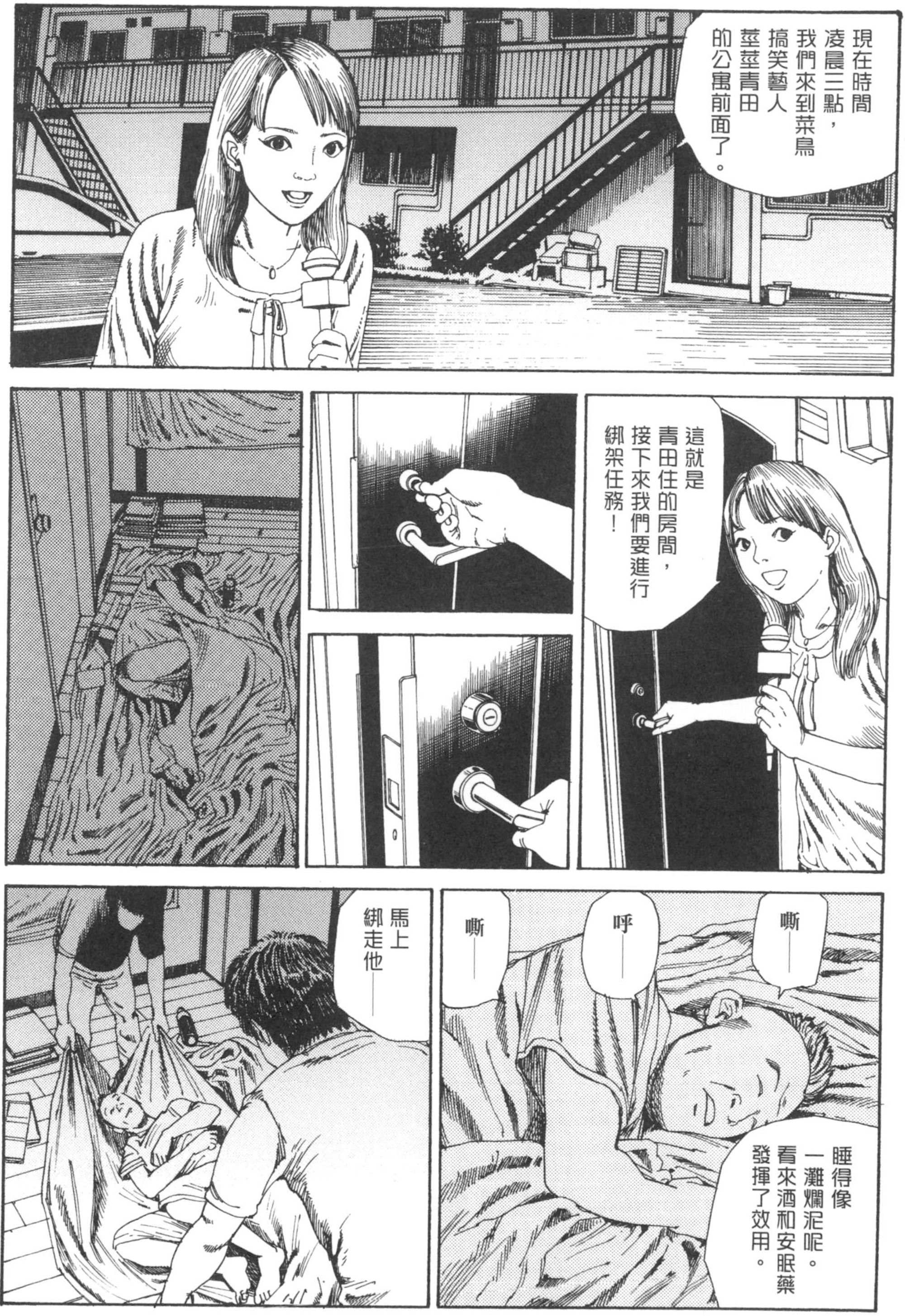
現在時間凌晨三點，我們來到菜鳥搞笑藝人莖莖青田的公寓前面了。
這就是青田住的房間，接下來我們要進行綁架任務！
嘶——
呼——
嘶——
睡得像一灘爛泥呢。看來酒和安眠藥發揮了效用。
馬上綁走他——

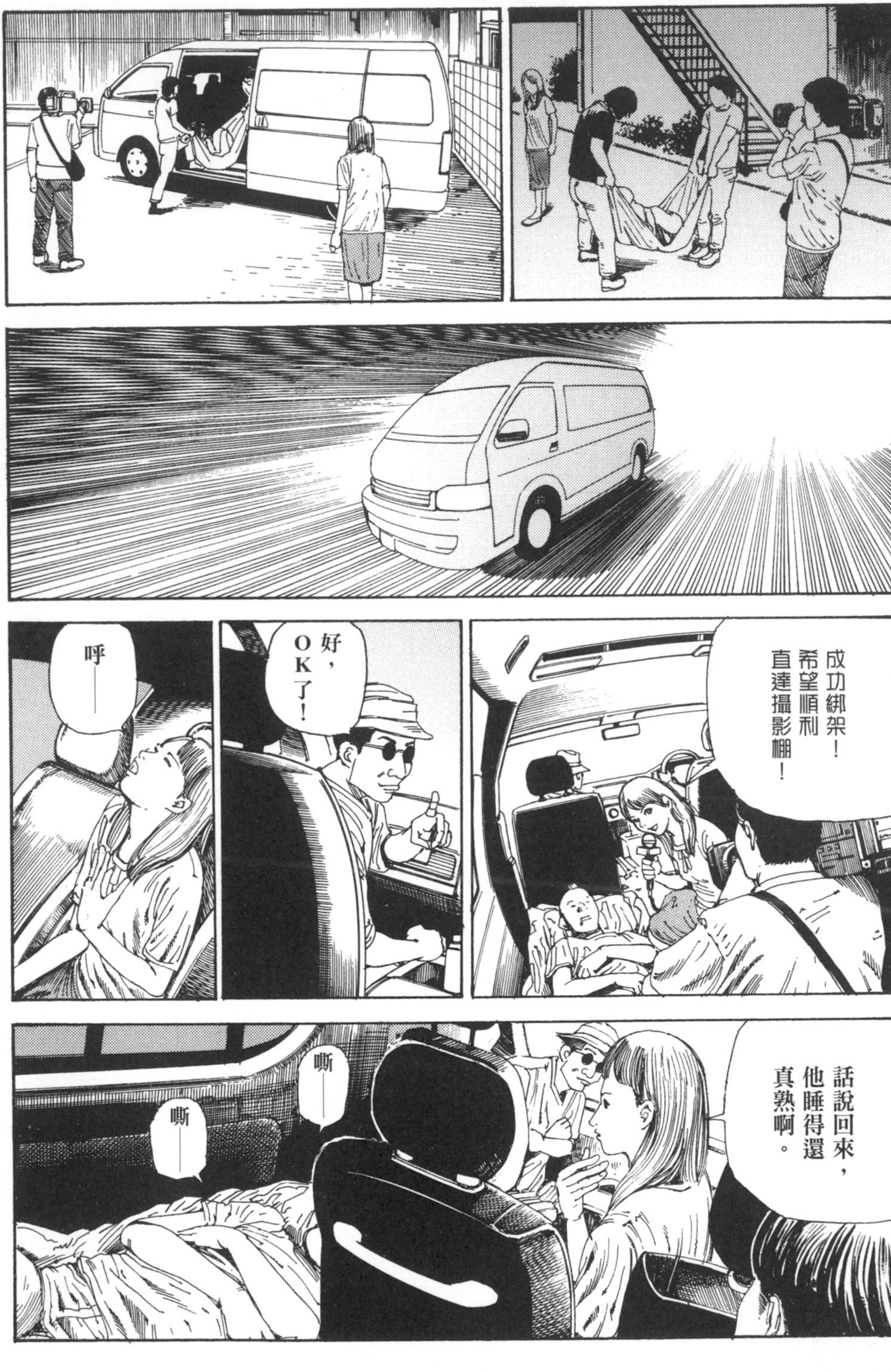
成功綁架！希望順利直達攝影棚！
好，OK了！
呼——
話說回來，他睡得還真熟啊。
嘶——
嘶——

矢島先生……雖然說我們是為了節目好，但這幾乎算是犯罪了呢。
做這種事……真的沒關係嗎？
剛睡醒就被整那種橋段，幾乎都是編造的吧？
我說啊，佛田……
造假的整人，我早就已經膩到不行啦！
妳知道拍人拍什麼地方最有趣嗎？
就是最自然的表情啊。
沒有演技、最真的樣子才是最有趣的！
可是，他還是有點可憐啊……
馬上就要抵達攝影棚了。
No. 2

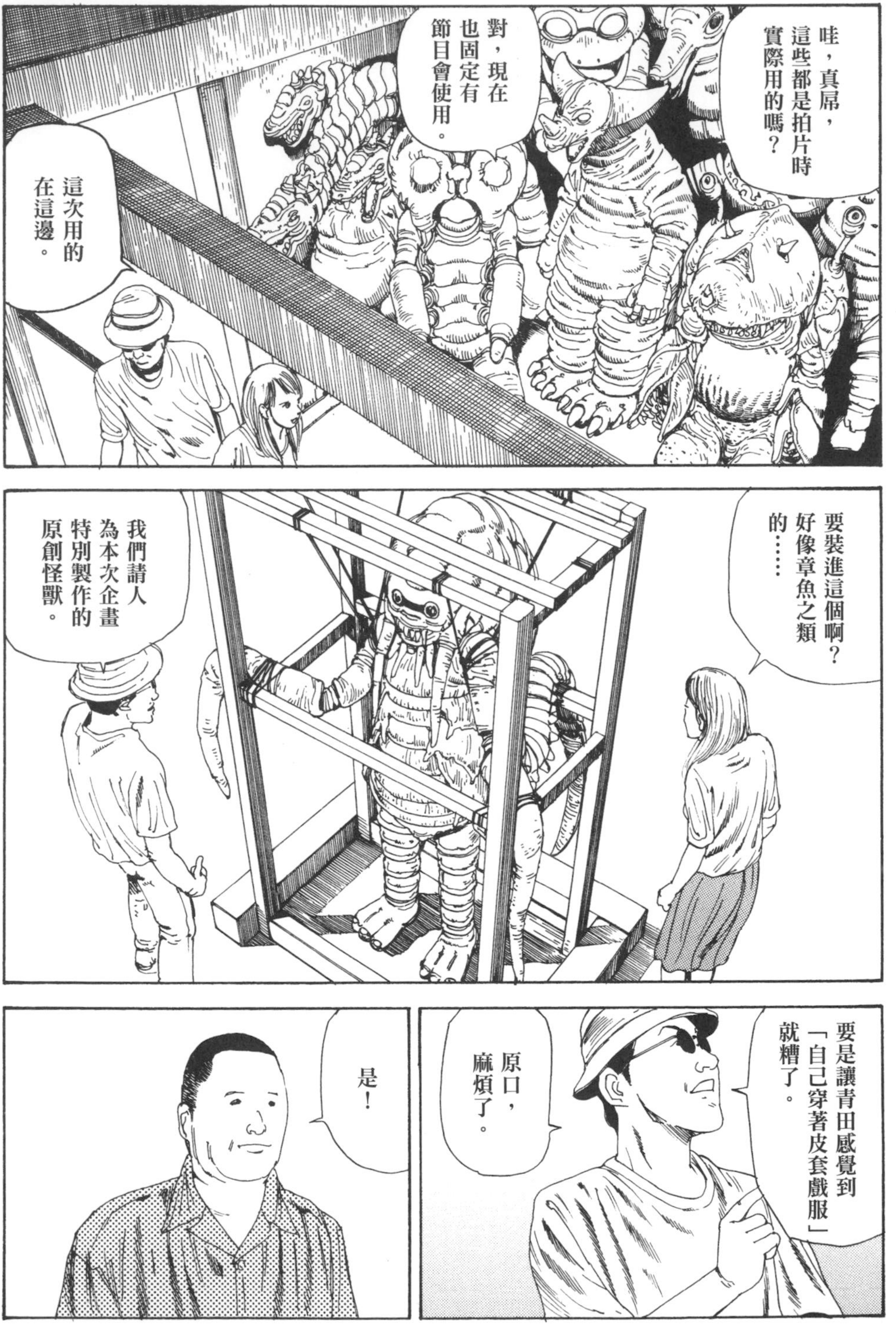
哇，真屌，這些都是拍片時實際用的嗎？
對，現在也固定有節目會使用。
這次用的在這邊。
要裝進這個啊？好像章魚之類的……
我們請人為本次企畫特別製作的原創怪獸。
要是讓青田感覺到「自己穿著皮套戲服」就糟了。
原口，麻煩了。
是！

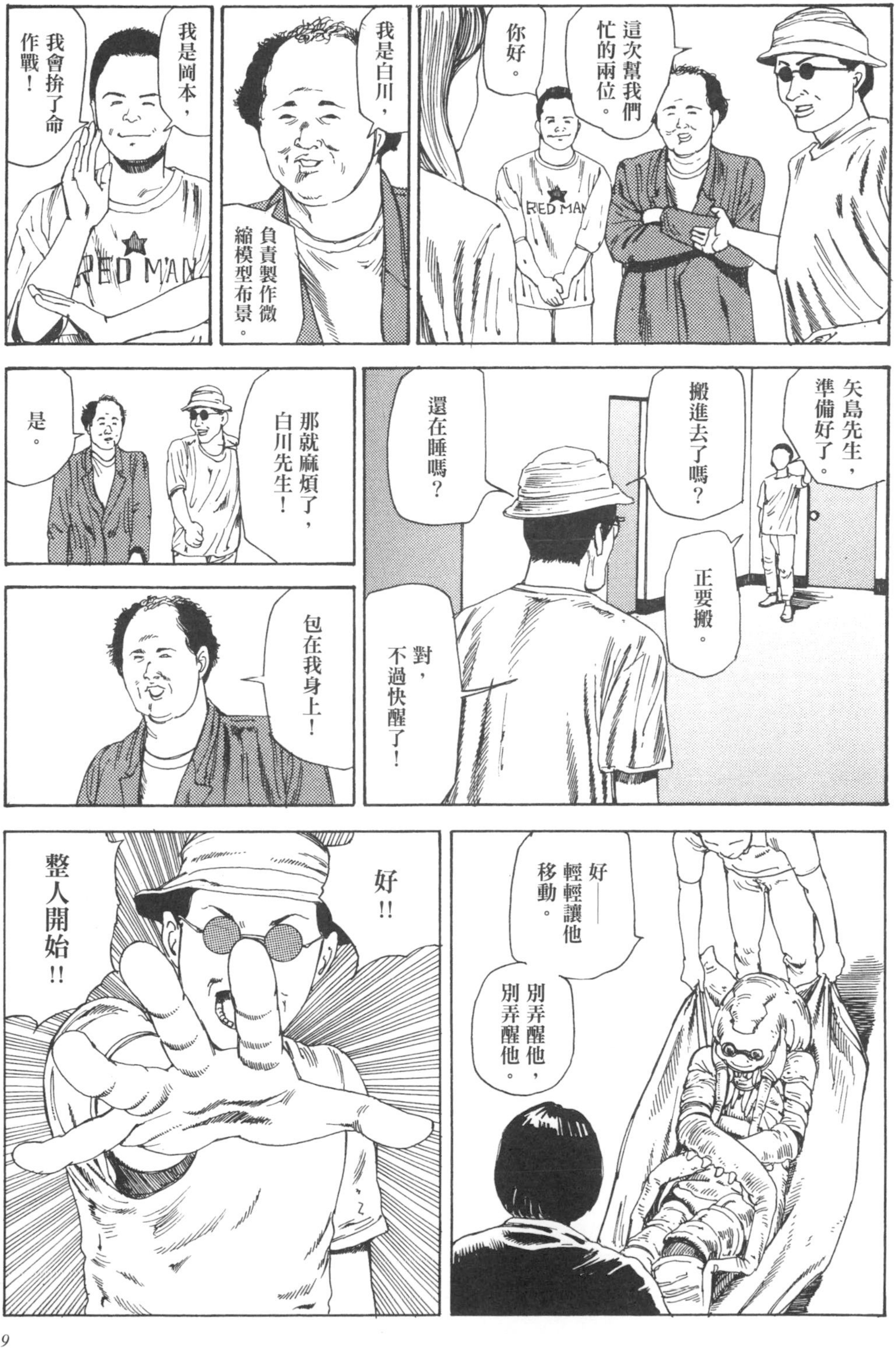
這次幫我們忙的兩位。
你好。
我是白川，
負責製作微縮模型布景。
我是岡本，
我會拚了命作戰！
矢島先生，準備好了。
搬進去了嗎？
正要搬。
還在睡嗎？
對，不過快醒了！
那就麻煩了，白川先生！
是。
包在我身上！
好——輕輕讓他移動。
別弄醒他，別弄醒他。
好!!
整人開始!!
RED MAN

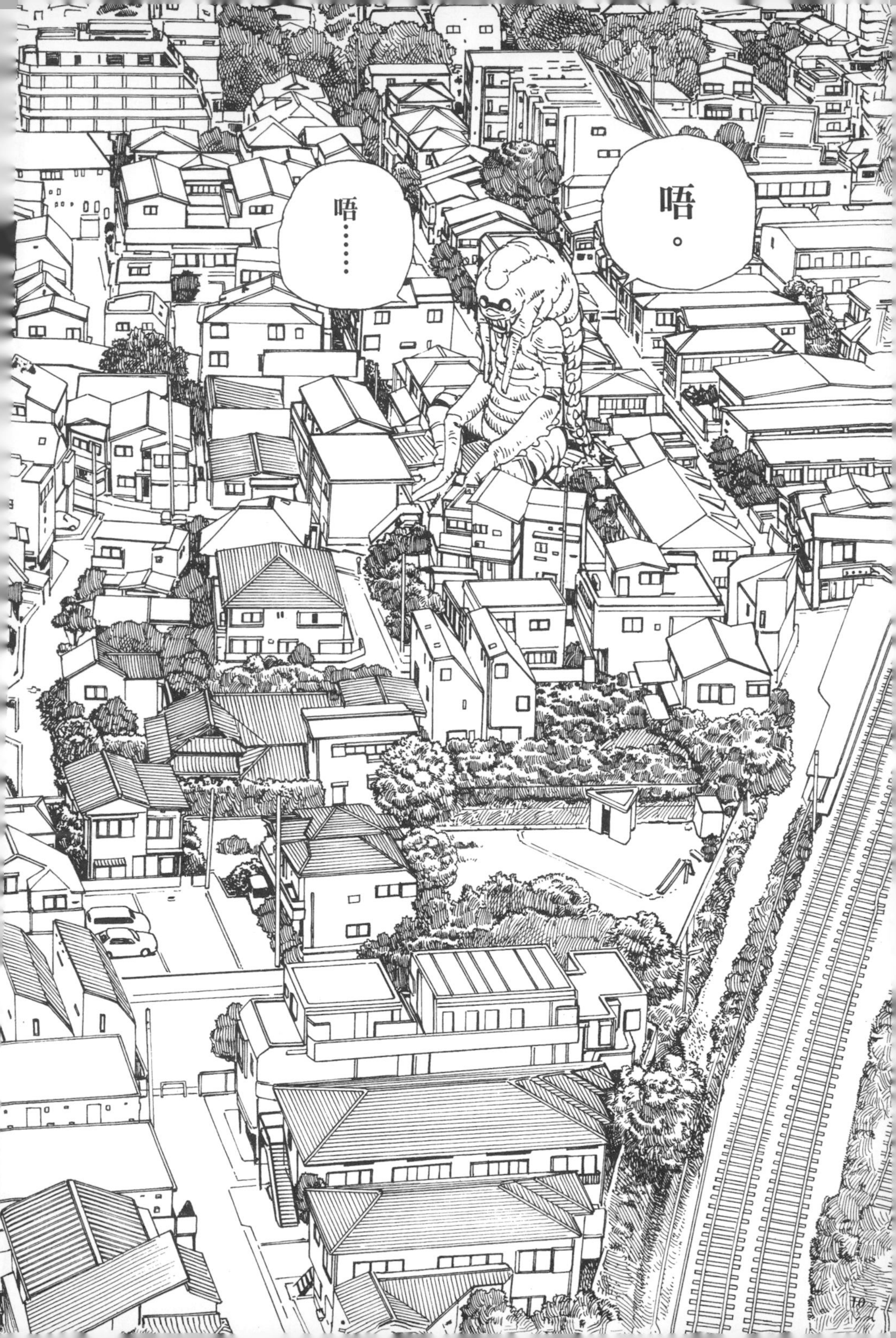
唔。
唔……

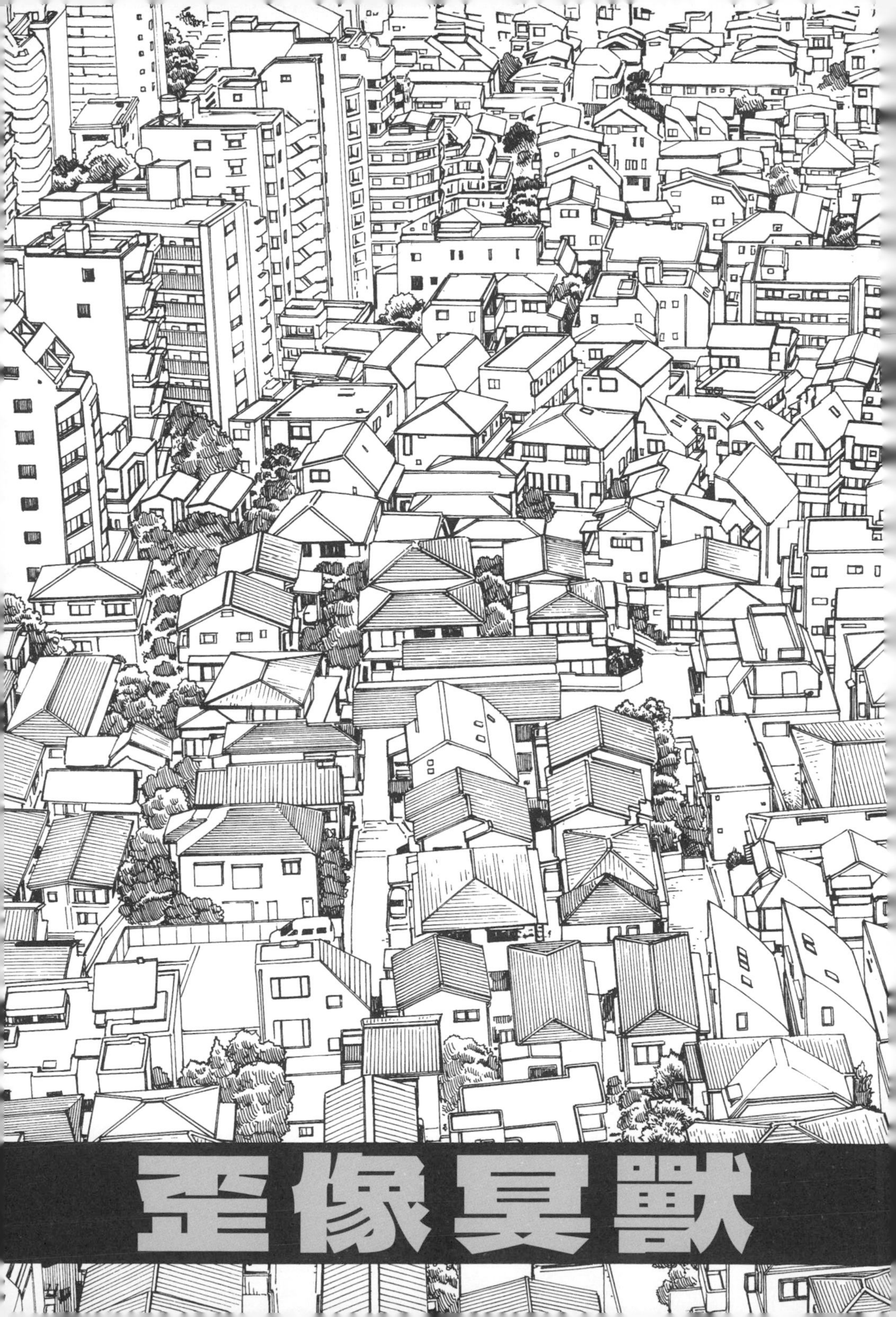
歪像冥獸

歪像冥獸 目錄

登場人物介紹

佛田
女主播

大野
「歪像」參加者

岡本
戰隊服演員

高寺
「歪像」參加者

鈴木
「歪像」參加者

白川
特技導演

原口
模型原型師

矢島
電視導播

莖莖青田
搞笑藝人

千葉
「歪像」參加者

篠原
「歪像」參加者

野口
「歪像」參加者

管家
平山家管家

助導
電影助導

導演
電影導演

小田
靈媒

平山
「歪像」主理人

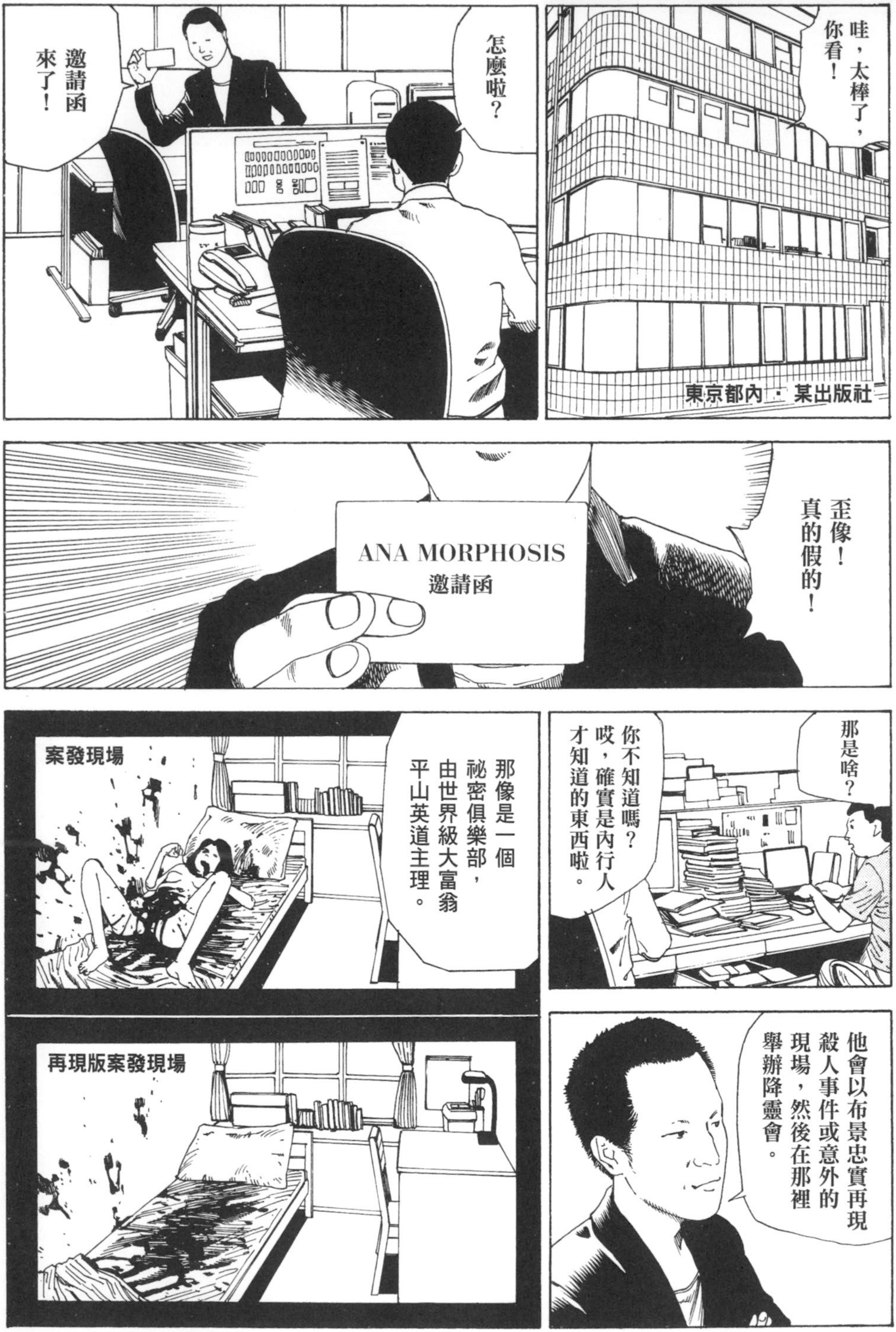
哇，太棒了，你看！
東京都內・某出版社
怎麼啦？
邀請函來了！
歪像！真的假的！
ANA MORPHOSIS
邀請函
那是啥？
你不知道嗎？哎，確實是內行人才知道的東西啦。
那像是一個祕密俱樂部，由世界級大富翁平山英道主理。
案發現場
他會以布景忠實再現殺人事件或意外的現場，然後在那裡舉辦降靈會。
再現版案發現場

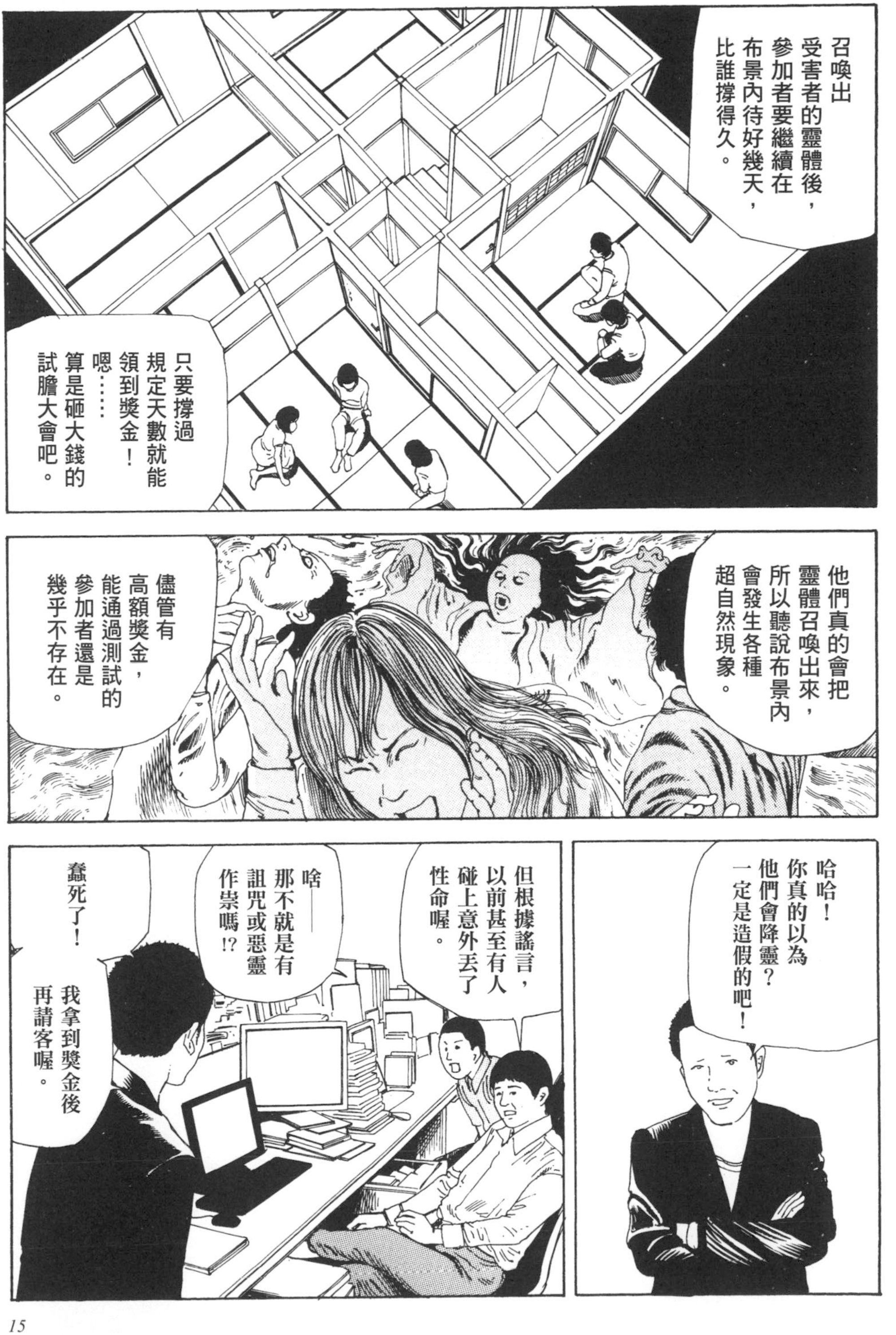
召喚出受害者的靈體後，參加者要繼續在布景內待好幾天，比誰撐得久。
只要撐過規定天數就能領到獎金！嗯……算是砸大錢的試膽大會吧。
他們真的會把靈體召喚出來，所以聽說布景內會發生各種超自然現象。
儘管有高額獎金，能通過測試的參加者還是幾乎不存在。
哈哈！你真的以為他們會降靈？一定是造假的吧！
但根據謠言，以前甚至有人碰上意外丟了性命喔。
啥——那不就是有詛咒或惡靈作祟嗎!?
蠢死了！
我拿到獎金後再請客喔。

（嘰嘰）
キキッ
（卡恰）
チャッ
門開著喔，請進。
請走下前方樓梯，您會看到一座電梯。

噗咻
！
歡迎來到歪像館。
其他賓客都已經先到一步囉。

啊……大家好，我叫大野。
我是野口，請多指教。
我是篠原，我會加油！
你好，我叫千葉。
我……我是鈴木……是的。
我是高寺，請多關照。
歪像的迷宮就在這扇門的另一頭。
各位做好心理準備了嗎？
嗶—
卡嚓
我要開門了。
恰
恰

請往這裡走……本館的主人平山在此恭候各位。
歡迎來到歪像館，
我就是平山。
如各位所知，我舉辦的活動會完全重現殺人事件或意外事故的死亡現場。
死亡現場與場景愈接近，靈體要現身就會更容易。
下面一個樓層已經重現了一個案發現場。
不過去那裡之前，請先來這裡看一段影片。
恰

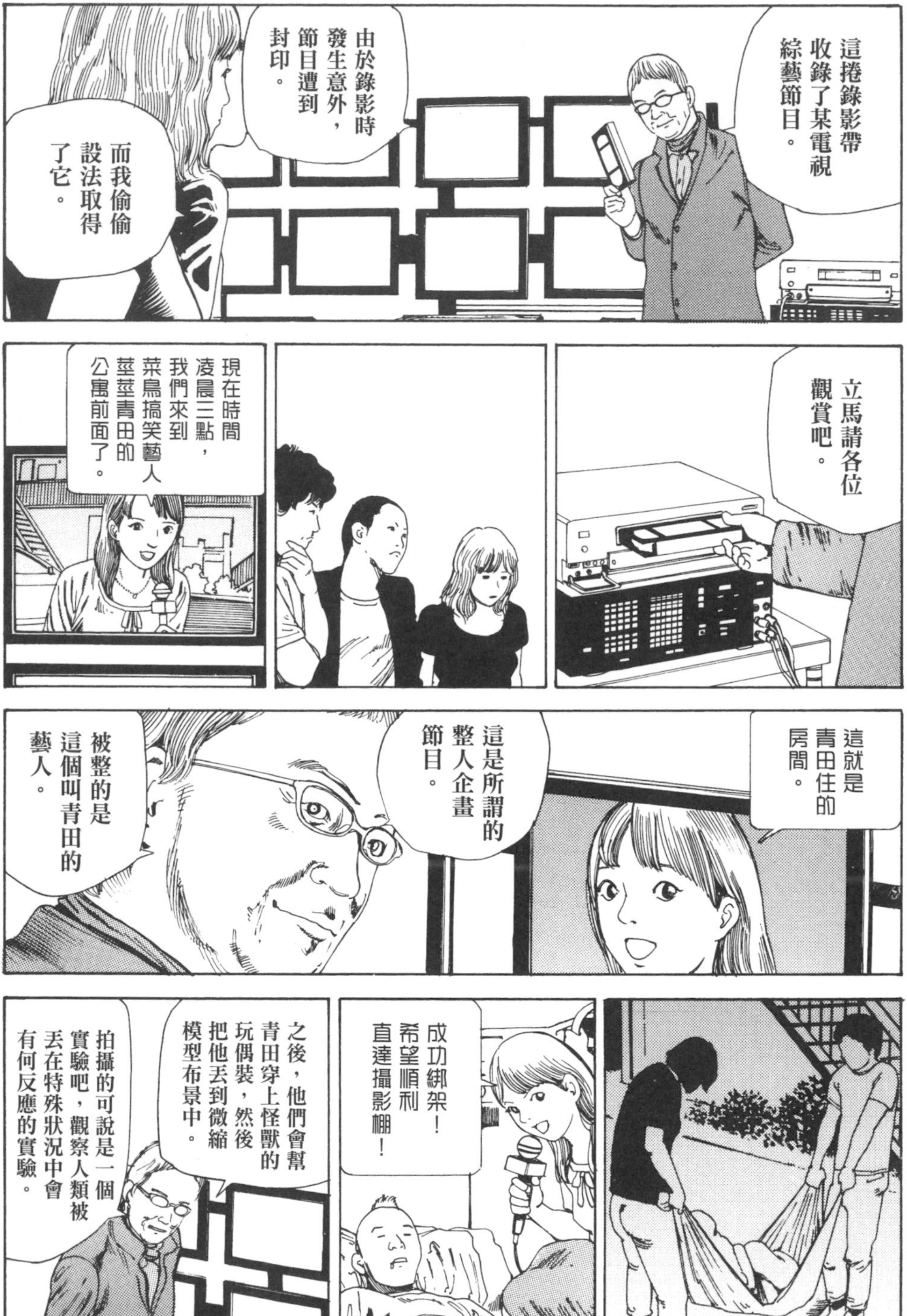
這捲錄影帶收錄了某電視綜藝節目。
由於錄影時發生意外，節目遭到封印。
而我偷偷設法取得了它。
立馬請各位觀賞吧。
現在時間凌晨三點，我們來到菜鳥搞笑藝人莖莖青田的公寓前面了。
這就是青田住的房間。
這是所謂的整人企畫節目。
被整的是這個叫青田的藝人。
成功綁架！希望順利直達攝影棚！
之後，他們會幫青田穿上怪獸的玩偶裝，然後把他丟到微縮模型布景中。
拍攝的可說是一個實驗吧，觀察人類被丟在特殊狀況中會有何反應的實驗。

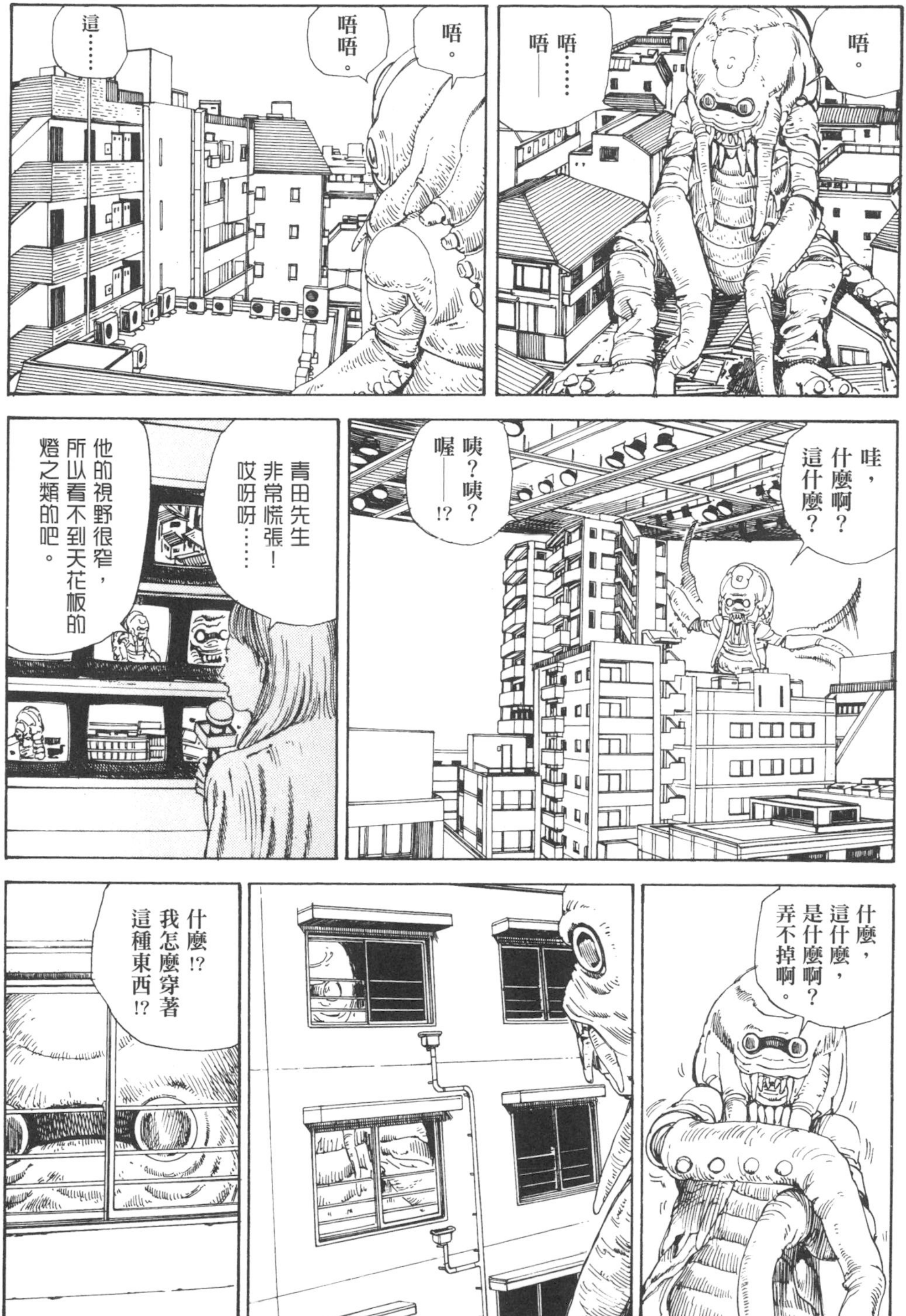
唔。
唔唔……——
唔。
唔唔。
這……
哇，什麼啊？這什麼？
咦？咦？喔——!?
青田先生非常慌張！哎呀呀……
他的視野很窄，所以看不到天花板的燈之類的吧。
什麼，這什麼，是什麼啊？弄不掉啊。
什麼!?我怎麼穿著這種東西!?

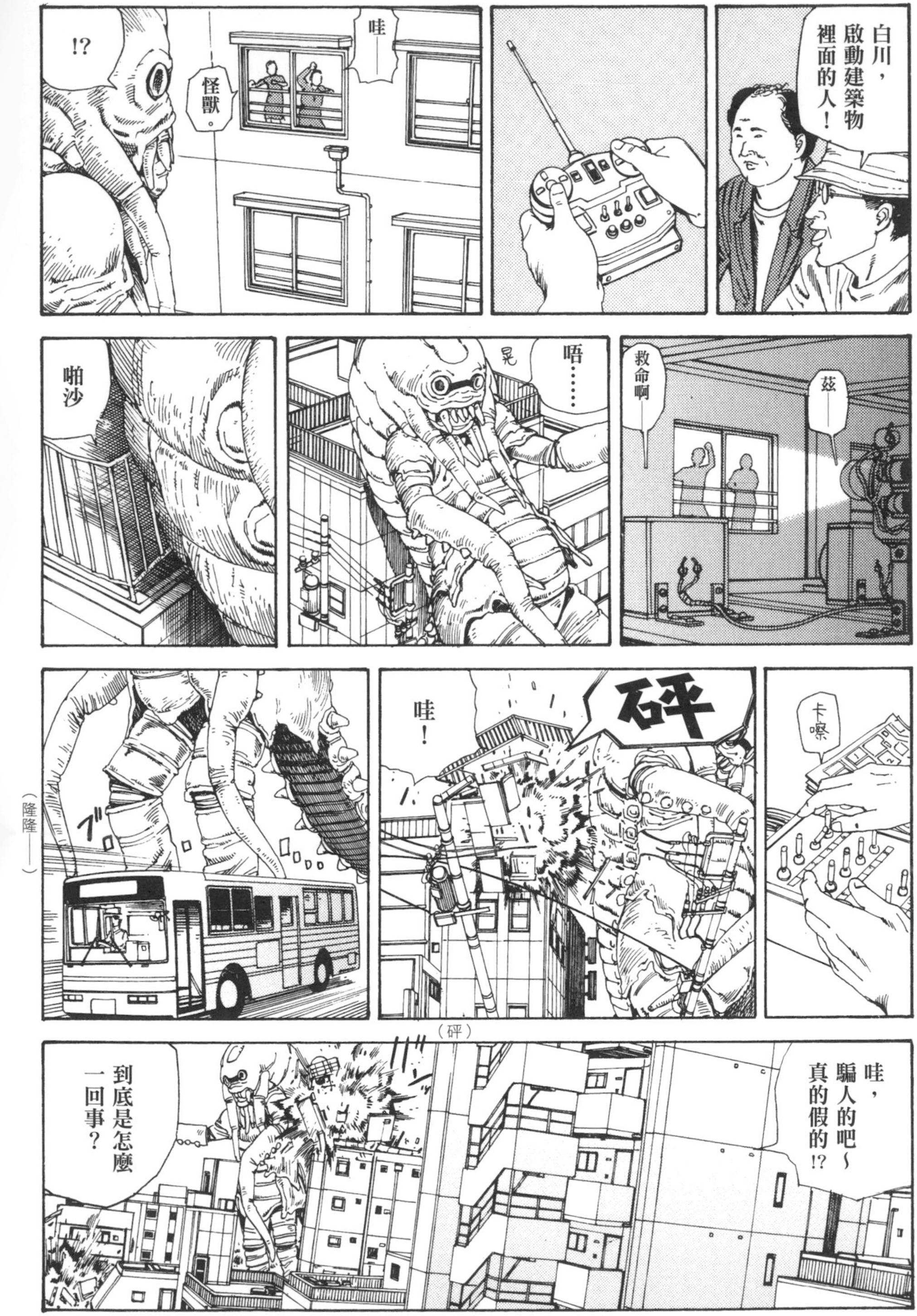

白川，啟動建築物裡面的人！
哇——
怪獸。
!?
救命啊——
茲——
唔……
晃
啪沙
卡嚓
砰
哇！
（隆隆——）
（砰）
哇，騙人的吧～真的假的!?
到底是怎麼一回事？

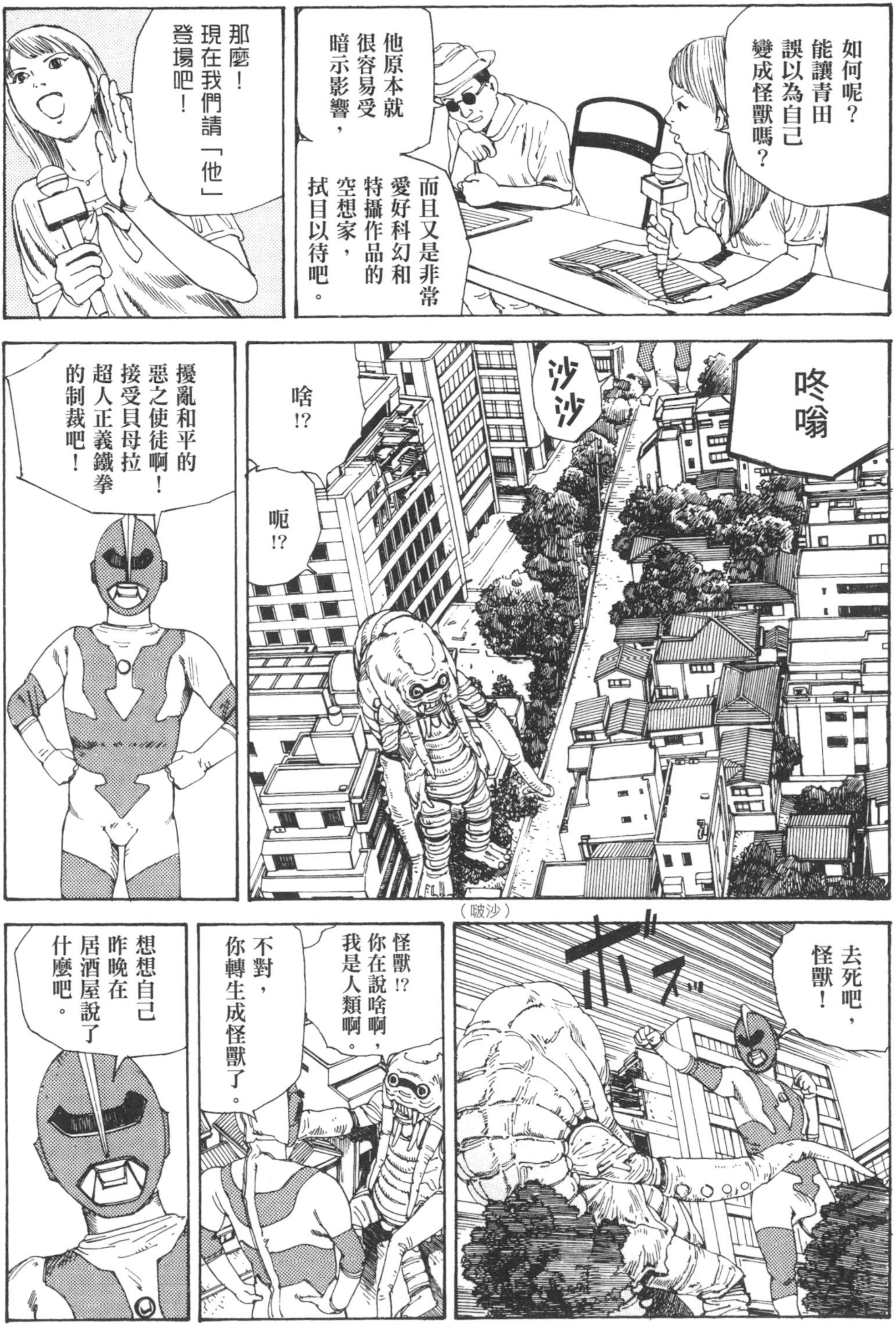
如何呢？能讓青田誤以為自己變成怪獸嗎？
他原本就很容易受暗示影響，
而且又是非常愛好科幻和特攝作品的空想家，拭目以待吧。
那麼！現在我們請「他」登場吧！
咚嗡
沙沙
啥!?
呃!?
（啵沙）
擾亂和平的惡之使徒啊！接受貝母拉超人正義鐵拳的制裁吧！
去死吧，怪獸！
怪獸!?你在說啥啊，我是人類啊。
不對，你轉生成怪獸了。
想想自己昨晚在居酒屋說了什麼吧。

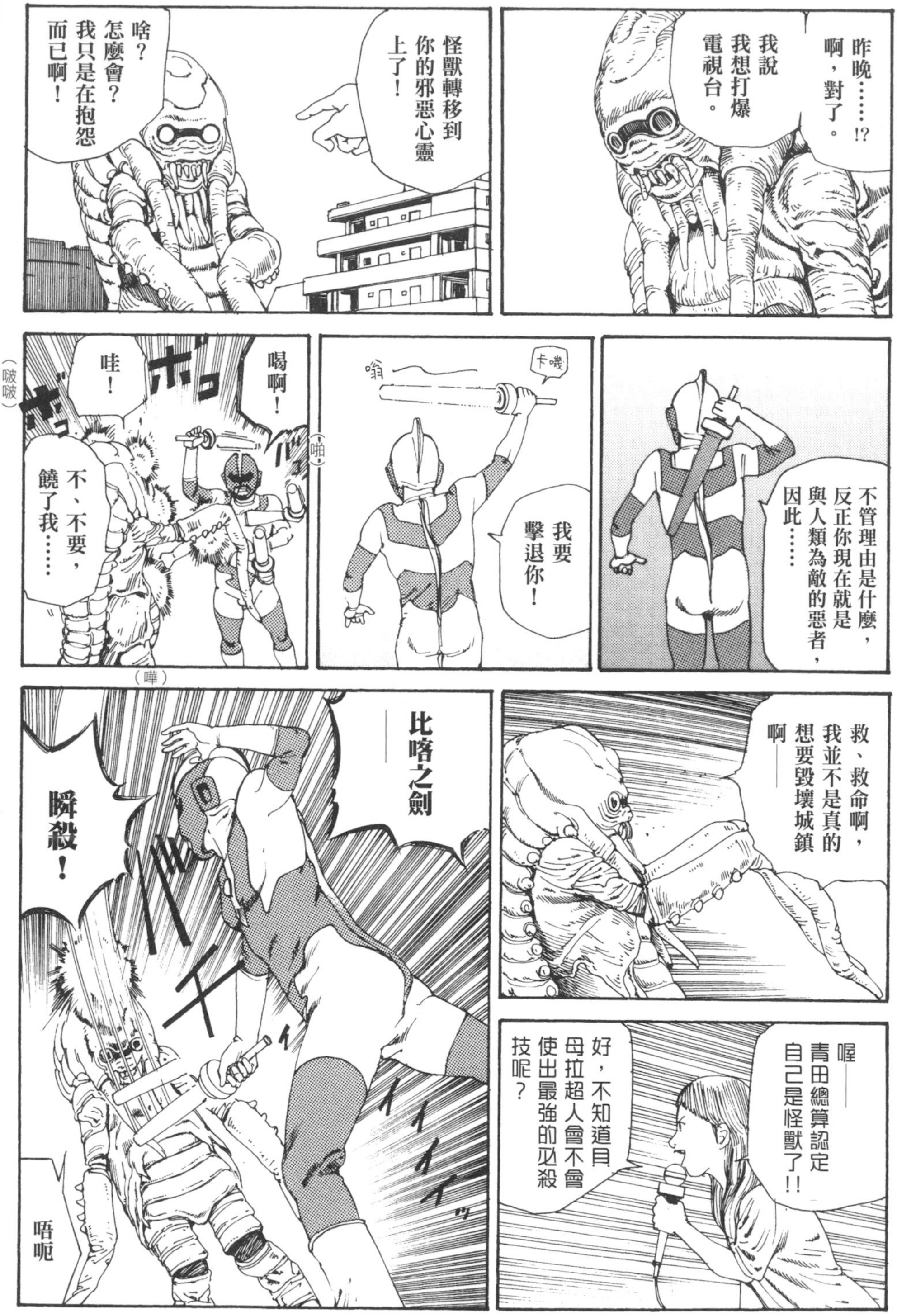
昨晚……!?
啊，對了。
我說我想打爆電視台。
怪獸轉移到你的邪惡心靈上了！
啥？怎麼會？我只是在抱怨而已啊！
不管理由是什麼，反正你現在就是與人類為敵的惡者，因此……
卡嘰
嗡——
我要擊退你！
(啪)
喝啊！
哇！
(啵啵)
不、不要，饒了我……
(嘩)
救、救命啊，我並不是真的想要毀壞城鎮啊——
比嗒之劍
瞬殺！
唔呃
喔——青田總算認定自己是怪獸了!!
好，不知道月母拉超人會不會使出最強的必殺技呢？

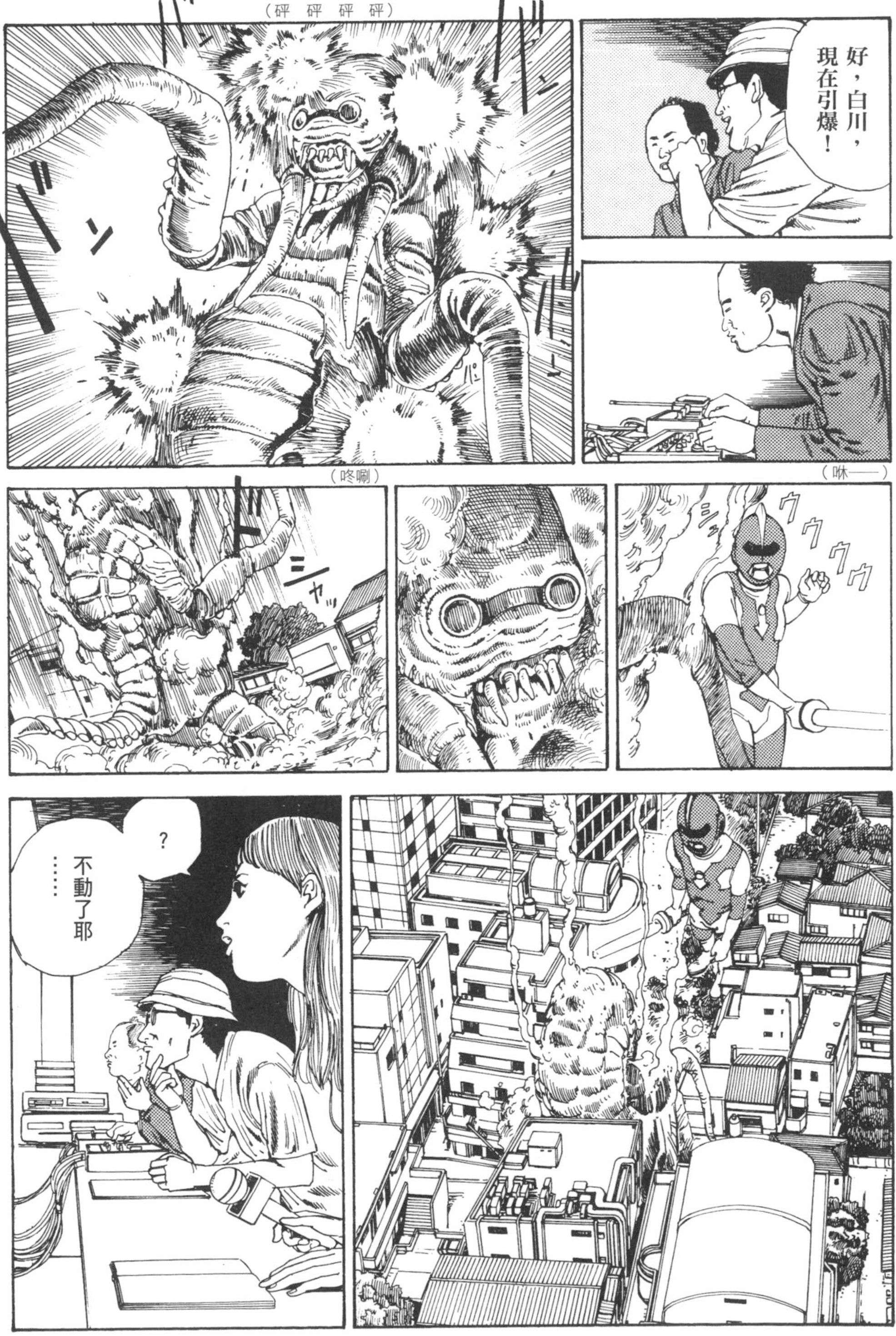
（砰砰砰砰）
好，白川，現在引爆！
（咚唰）
（咻——）
？
不動了耶……

白川先生……
會不會是炸藥放太多……
……
呃，不，應該不會的。
我去看看！
整人鏡頭!!
等等，帶這個……
看看場合吧你！
青田先生，你沒事吧!?
啊，要破哏啦？
咿！

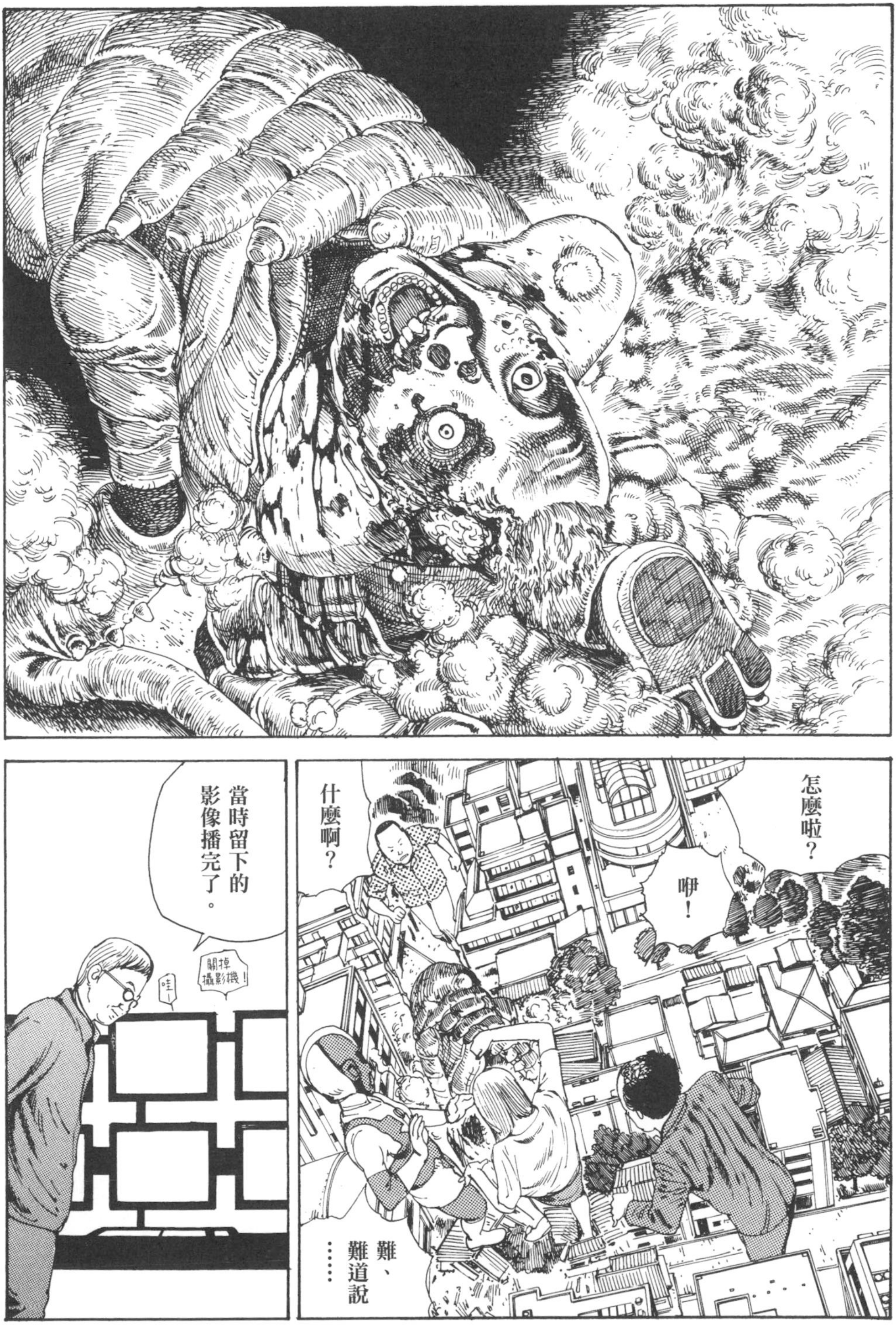
怎麼啦？
咿！
什麼啊？
難、難道說……
當時留下的影像播完了。
關掉攝影機！
哇—

藝人青田死於怪獸戲服當中，似乎是炸藥用量錯誤導致的意外死亡。
後來，矢島導播被流放到地方電視台去，沒人知道他的下落。
節目中擔任播報員的女主播佛田大受打擊，辭職了。
設置炸藥的白川認為自己應負責，便自殺了。
那麼……這次要召喚出的靈體是，
藝人青田？
沒錯，我們要召喚出穿著皮套戲服死去的青田。
這位是靈媒小田先生。
請多指教。
那麼，我們趕緊前往重現布景吧。

哇！
這是……
咦，真的假的？
好猛!!

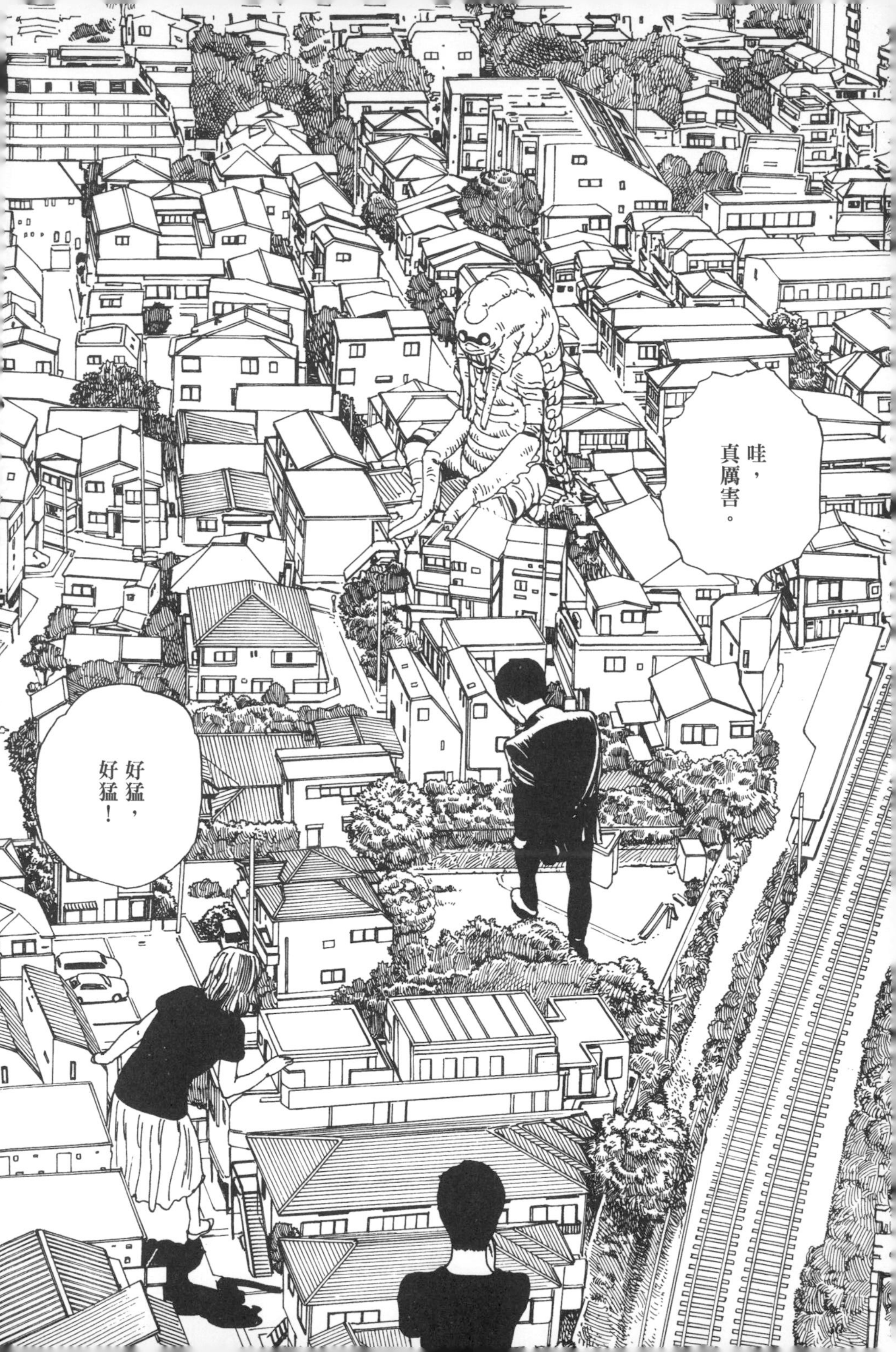
哇，真厲害。
好猛，好猛！

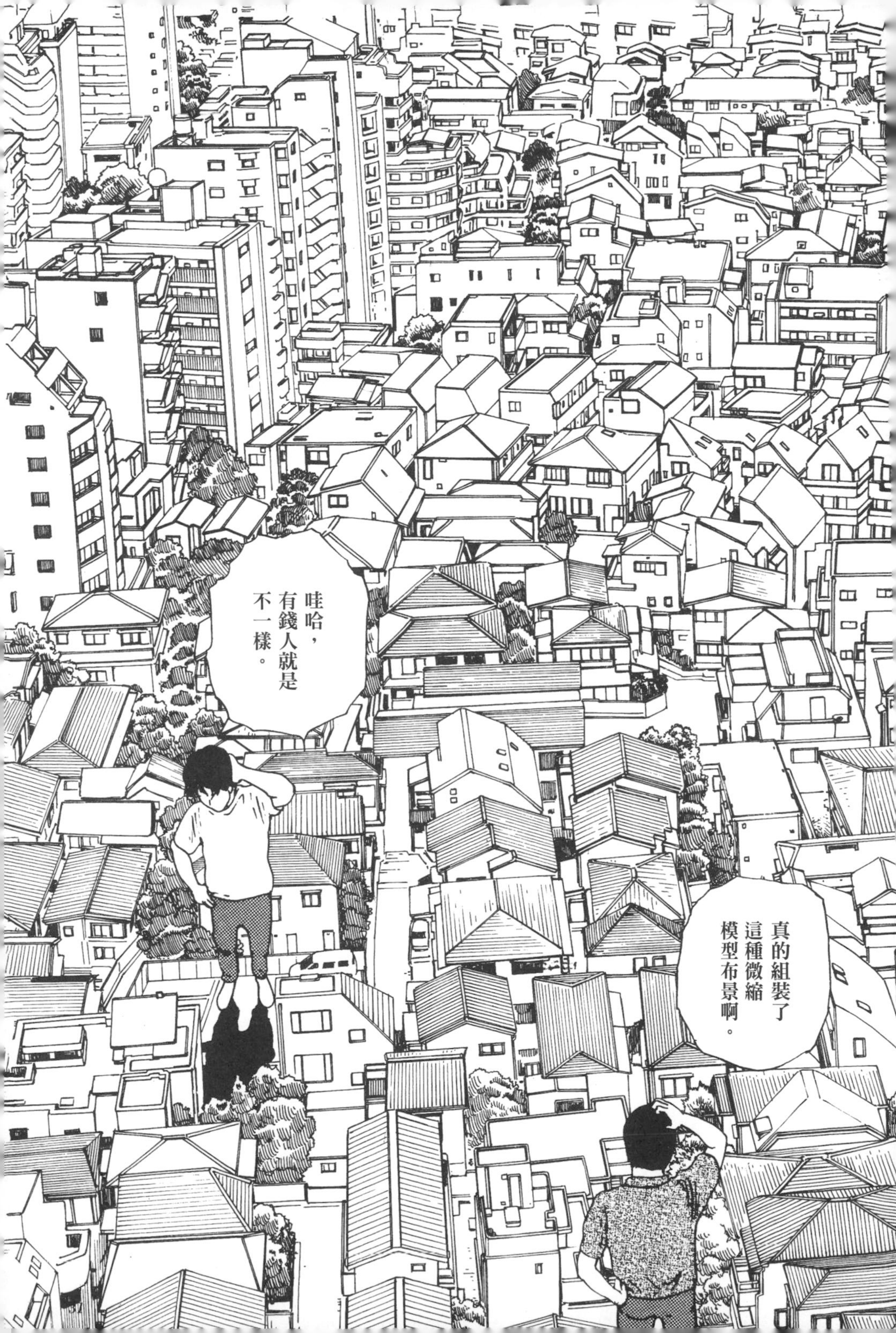
哇哈，有錢人就是不一樣。
真的組裝了這種微縮模型布景啊。

我們重現了藝人青田穿著皮套戲服死去的場面。
當然了，裡面並沒有真正的屍體。
（轟）
小田先生已經開始降靈儀式了。
ゴ
抖抖抖抖抖抖抖抖

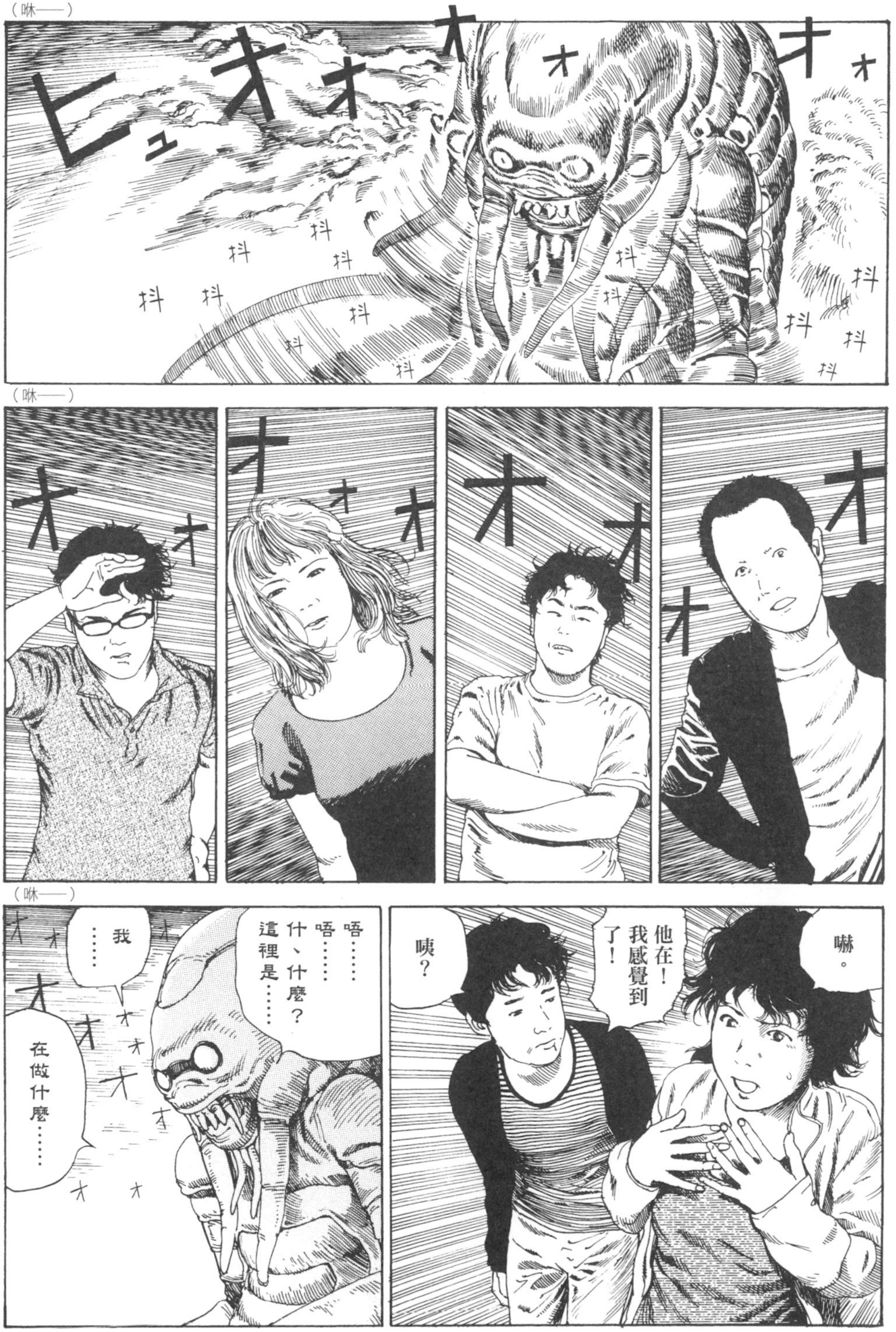
（咻——）
ヒュオオォォオォ
抖 抖 抖 抖 抖 抖 抖 抖 抖 抖 抖 抖 抖 抖
（咻——）
オォオ
オォォ
オォ
オォオ
（咻——）
嚇。
他在！我感覺到了！
咦？
唔……唔……什、什麼？這裡是……
我……
在做什麼……

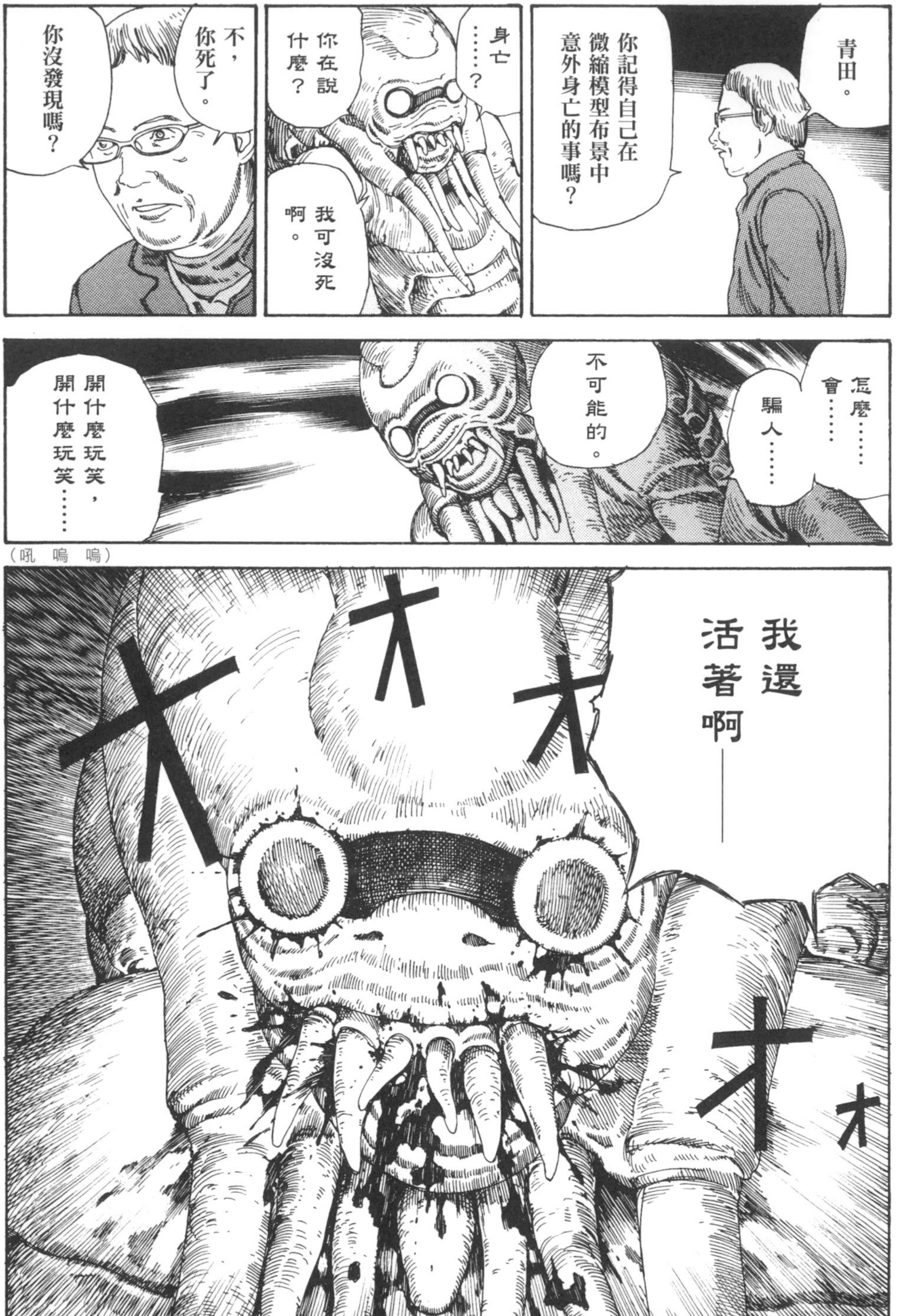
青田。
你記得自己在微縮模型布景中意外身亡的事嗎？
身亡……？
你在說什麼？
我可沒死啊。
不，你死了。
你沒發現嗎？
怎麼會……
騙人……
不可能的。
開什麼玩笑，開什麼玩笑……
（吼 嗚 嗚）
我還活著啊——
オオオオオ

嗯？
咦？
不見了？
跑去哪了？
咦……這到底是……
啥，難道就這樣沒了？
我感覺到非常強大的念！
飄蕩在這個地方！
發毛
抖

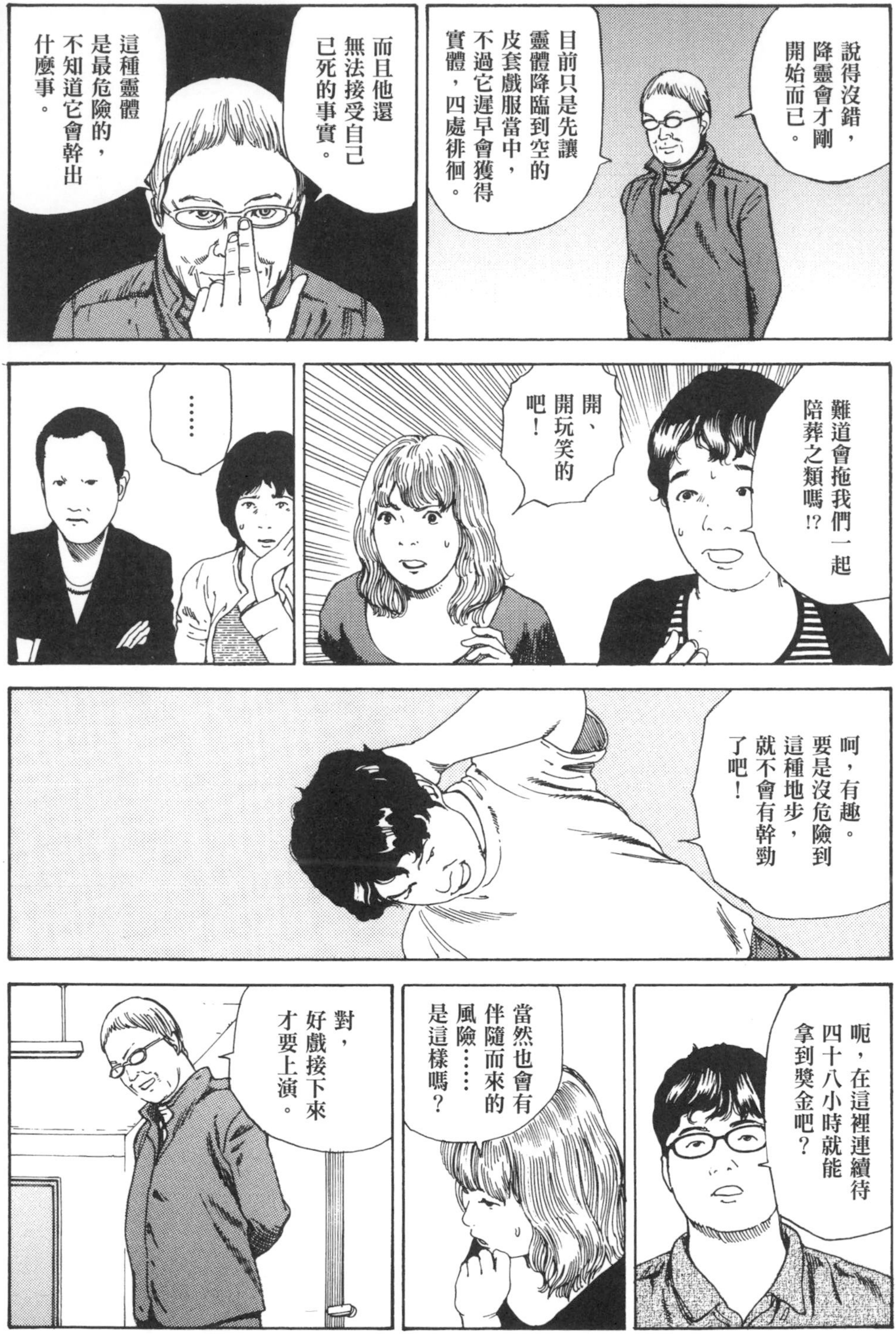
說得沒錯，降靈會才剛開始而已。
目前只是先讓靈體降臨到空的皮套戲服當中，不過它遲早會獲得實體，四處徘徊。
而且他還無法接受自己已死的事實。
這種靈體是最危險的，不知道它會幹出什麼事。
難道會拖我們一起陪葬之類嗎!?
開、開玩笑的吧！
……
呵，有趣。要是沒危險到這種地步，就不會有幹勁了吧！
呃，在這裡連續待四十八小時就能拿到獎金吧？
當然也會有伴隨而來的風險……是這樣嗎？
對，好戲接下來才要上演。

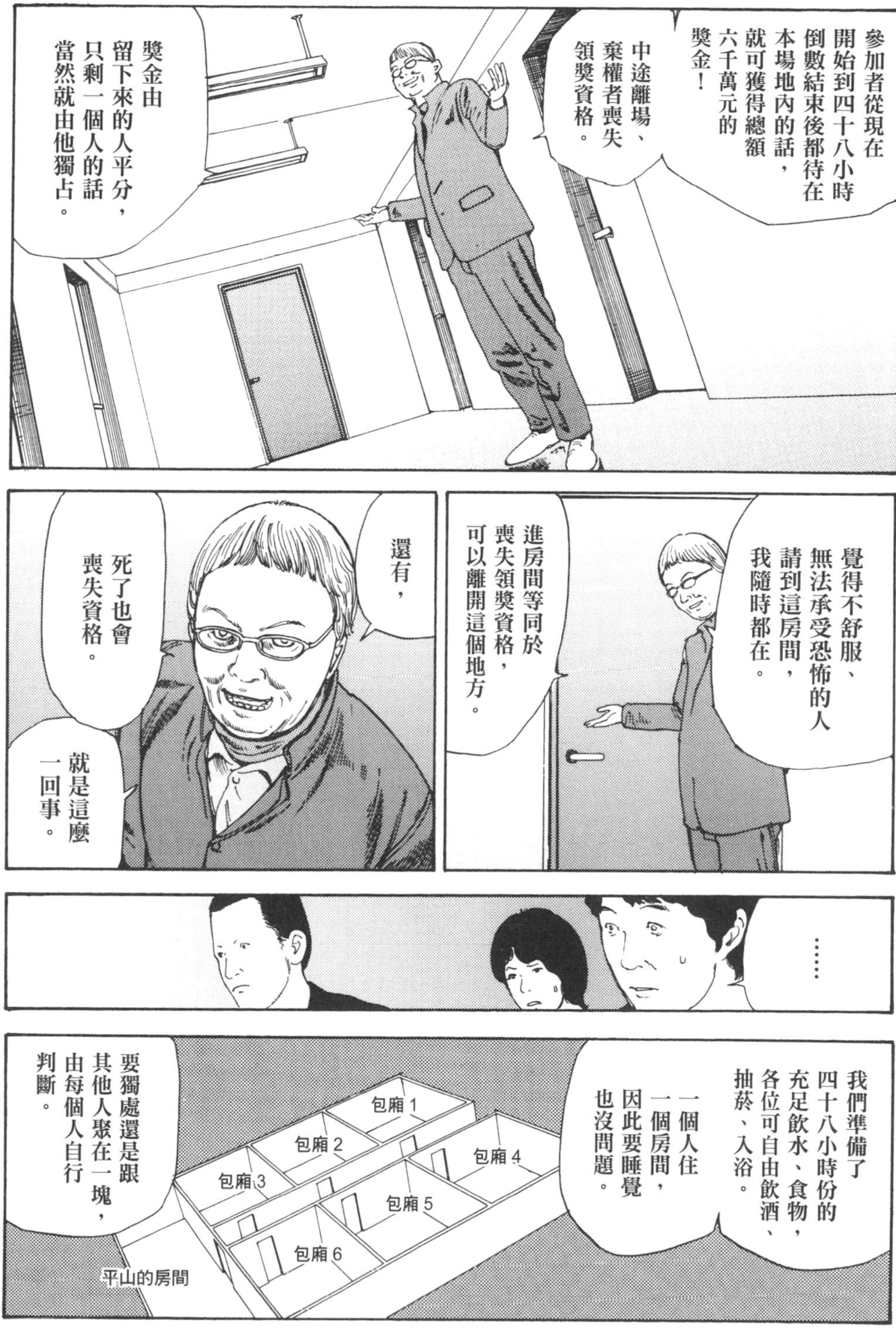
參加者從現在開始到四十八小時倒數結束後都待在本場地內的話，就可獲得總額六千萬元的獎金！
中途離場、棄權者喪失領獎資格。
獎金由留下來的人平分，只剩一個人的話當然就由他獨占。
覺得不舒服、無法承受恐怖的人請到這房間，我隨時都在。
進房間等同於喪失領獎資格，可以離開這個地方。
還有，
死了也會喪失資格。
就是這麼一回事。
……
我們準備了四十八小時份的充足飲水、食物，各位可自由飲酒、抽菸、入浴。
一個人住一個房間，因此要睡覺也沒問題。
要獨處還是跟其他人聚在一塊，由每個人自行判斷。
包廂 1
包廂 2
包廂 4
包廂 3
包廂 5
包廂 6
平山的房間

此外，各位完全無法與外界聯絡。我們稍早已保管了各位的手機。
電梯
上鎖大門
平山的房間
↓微縮模型布景
這層樓就只有這扇門，沒有其他緊急逃生口。只有卡片能上鎖、解鎖。
我現在要告退了，我會在樓上。
我也是……
嗶——
喀嚓
我要回自己房間了。每個房間上都有寫參加者的名字。
（喀鏘）
徹底鎖上了。
那麼，期待各位優異的表現。
（砰）
……

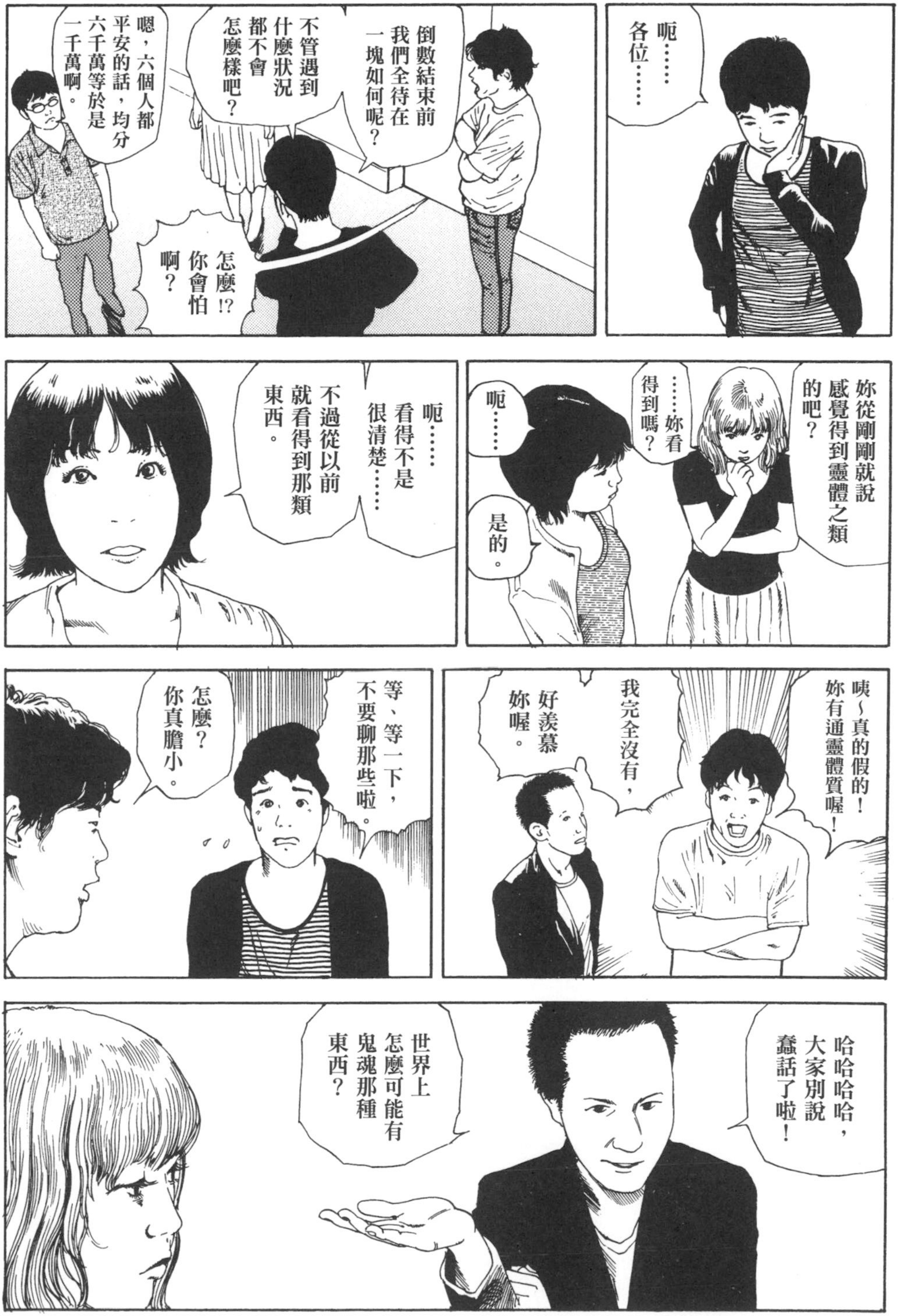
呃……各位……
倒數結束前我們全待在一塊如何呢？
不管遇到什麼狀況都不會怎麼樣吧？
嗯，六個人都平安的話，均分六千萬等於是一千萬啊。
怎麼!?你會怕啊？
妳從剛剛就說感覺得到靈體之類的吧？
……妳看得到嗎？
呃……
是的。
呃……看得不是很清楚……
不過從以前就看得到那類東西。
咦～真的假的！妳有通靈體質喔！
我完全沒有，好羨慕妳喔。
等、等一下，不要聊那些啦。
怎麼？你真膽小。
哈哈哈哈，大家別說蠢話了啦！
世界上怎麼可能有鬼魂那種東西？

那你為什麼要參加這種超自然活動？
還能為什麼？當然是獎金！
剛剛那只是某種機關弄出來的伎倆，先嚇唬大家，讓害怕的人退出！
弄到最後誰也不剩。
他們就不用發獎金了是吧!?
哈哈，我可不會讓他們打這種如意算盤！
……
可是，六千萬對於平山先生來說只能塞牙縫吧。
總之，在時間倒數結束前肯定會有一些狀況的。畢竟這活動就像是砸大錢的試膽大會。
也許會有大野說的那種機關。
搞不好靈體真的會冒出來……八成會有一些變數。
不然他就不會說什麼棄權、中途退場了。
呵呵，正合我意！
啥啊……我才不想出事咧。

你那麼膽小，虧你敢報名啊！
我原本也是想拿獎金，
可是看到剛剛那一幕整個洩氣了。
他還說「死了也會喪失資格」。
也就是說，參加者有可能會喪命對吧？
咿～
靈體也是會殺人的喔……不可以輕視憎恨的力量。
沒發現自己已身亡的靈體會拖其他人一起上路……
我們經常說自殺勝地，那也是無法成佛的靈體遺留在原地，拖其他人走。
那，大家還是待在一起比較好吧！
開什麼玩笑，你要我跟帶把的一起睡？我才不要！
被靈體殺害的人愈多，留下來的人也能領愈多獎金呢。
哈哈，愈來愈有趣了。
先不扯那些了，我肚子餓了呢……
我沒吃早餐。要不要吃飯了？
是啊，我也餓扁了。
那大家一起吃！
蠢蛋！你是女高中生喔！

我也覺得一個人比較好。
高寺小姐！要不要一起吃飯!?
啊，我也喜歡一個人……
對吧，怎麼能跟沒見過、不認識、底細不明的男人吃飯呢。
啊，我不是那個意思……
總之，主辦方都特地準備單人房了，先回去確認各自的房間也好吧？
說得也是。
是說，要我獨處或跟所有人待在一起都可以，我沒差。
那麼，各位待會見！
這是我的房間。
我的在這啊。

（砰）
バタン
呵，還不賴嘛。
需要食物請按呼叫鈴……
嗡
是，現在就送下去。
嗡隆 嗡隆 嗡隆 嗡隆 嗡隆
咻——
送餐梯啊。
管家在樓上啊……
……沒電視也沒音響嗎？
真無趣啊……

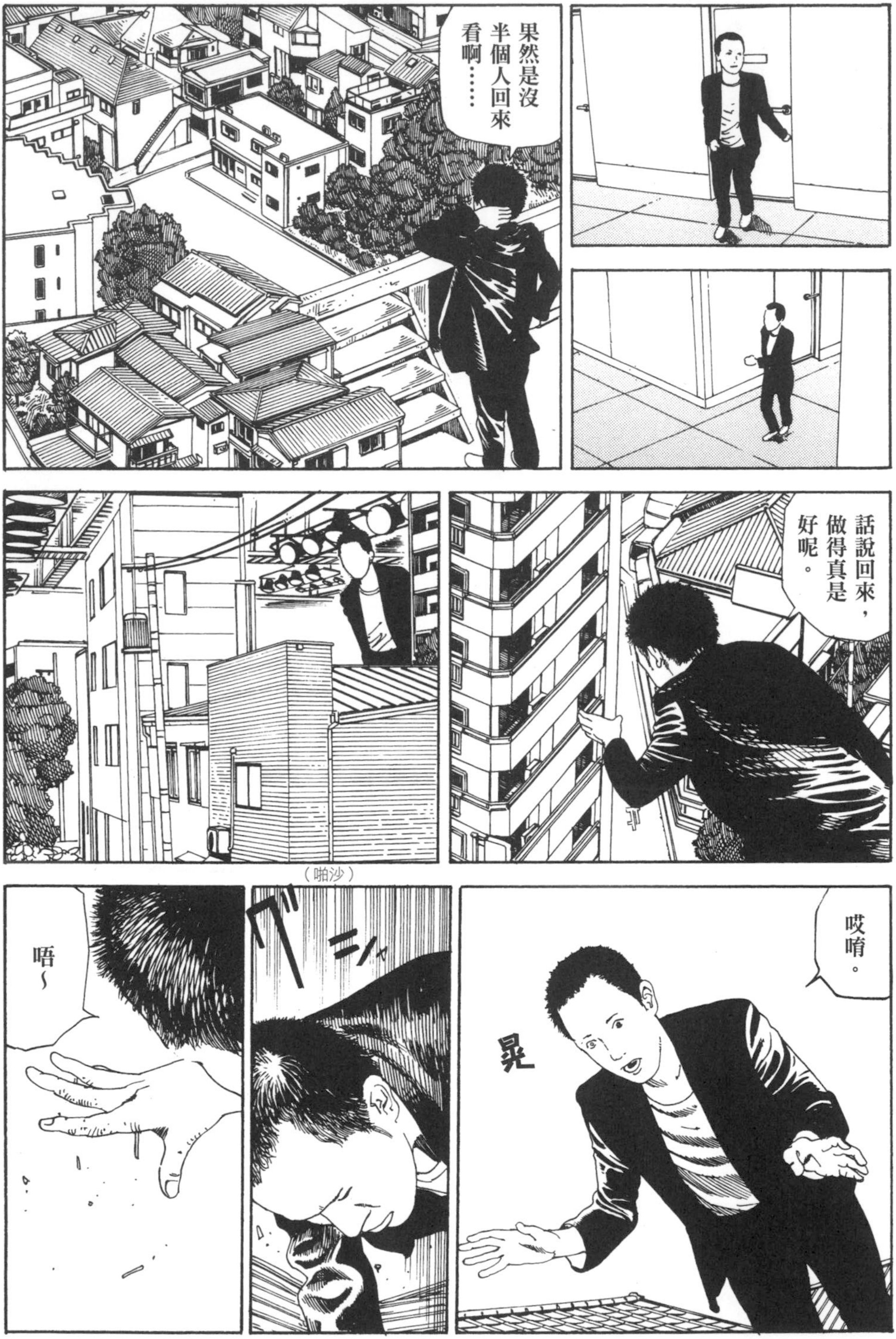

果然是沒半個人回來看啊……
話說回來，做得真是好呢。
（啪沙）
哎唷。
晃
唔~

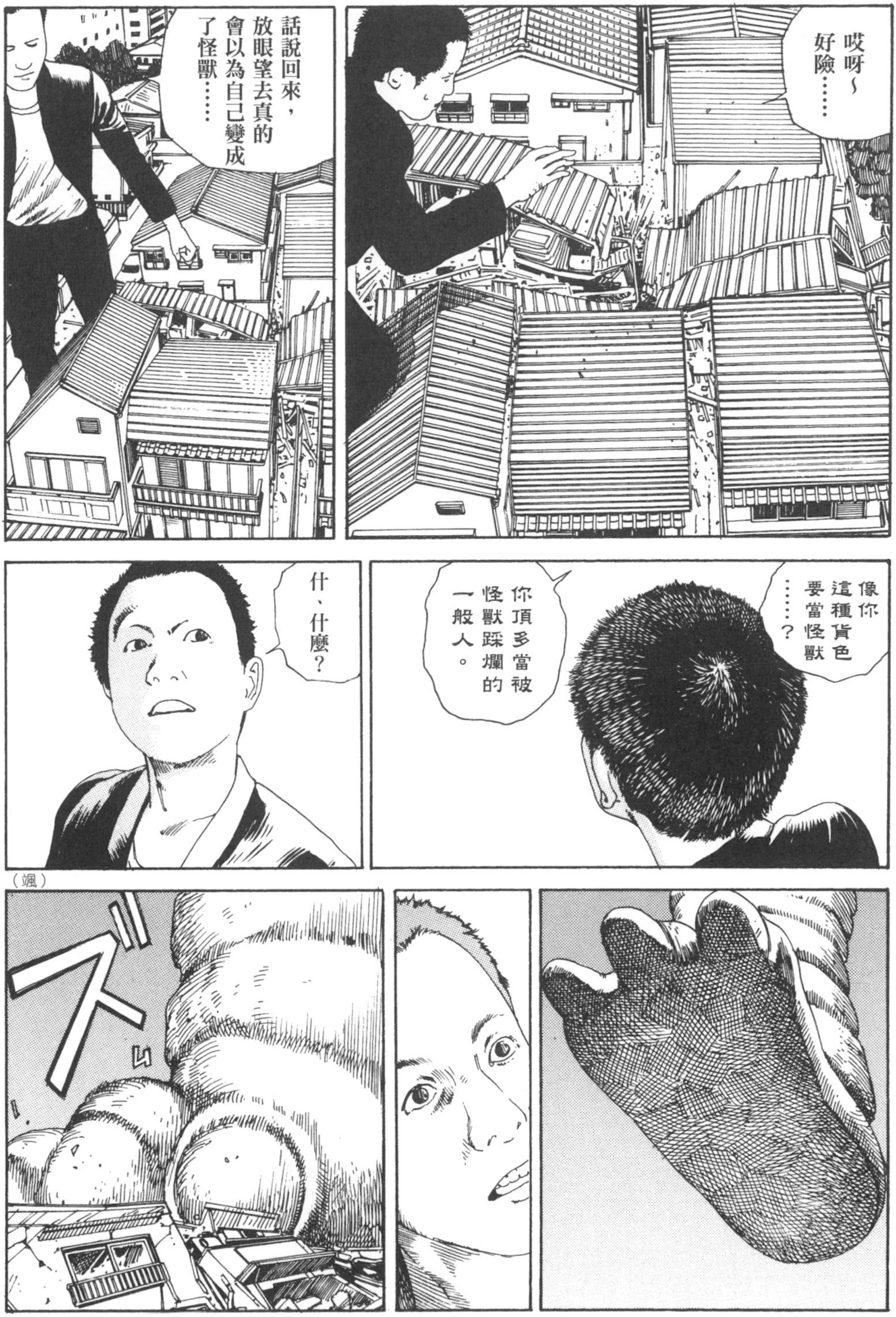
哎呀~
好險……
話說回來，
放眼望去真的
會以為自己變成
了怪獸……
像你
這種貨色
要當怪獸
……？
你頂多當被
怪獸踩爛的
一般人。
什、什麼？
（颯）
ズ
ぃ

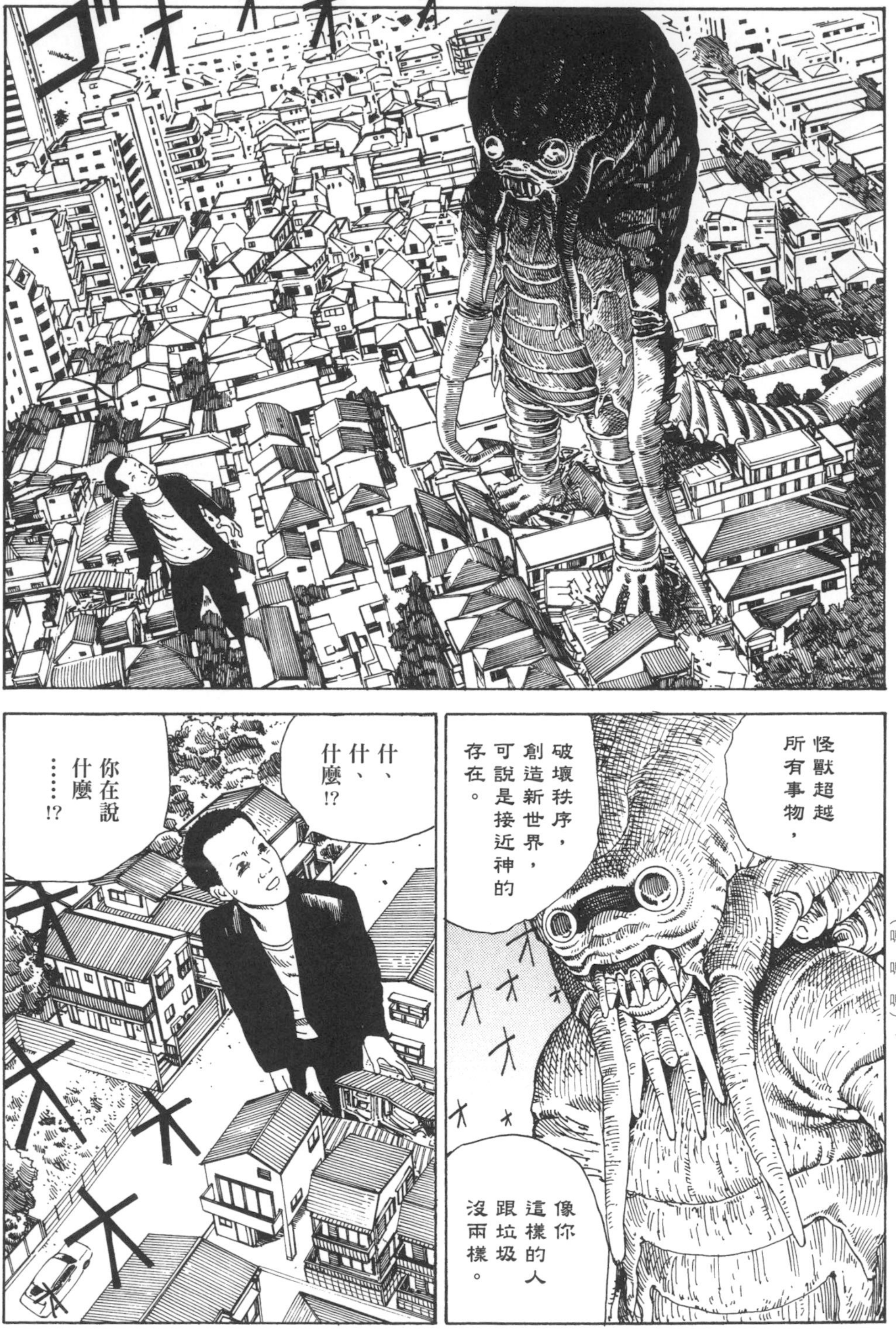
ゴォォォォ
(吼嗚嗚)
怪獸超越所有事物，
破壞秩序，創造新世界，可說是接近神的存在。
(嗚嗚嗚)
像你這樣的人跟垃圾沒兩樣。
什、什、什麼!?
你在說什麼……!?
(嗚嗚嗚)

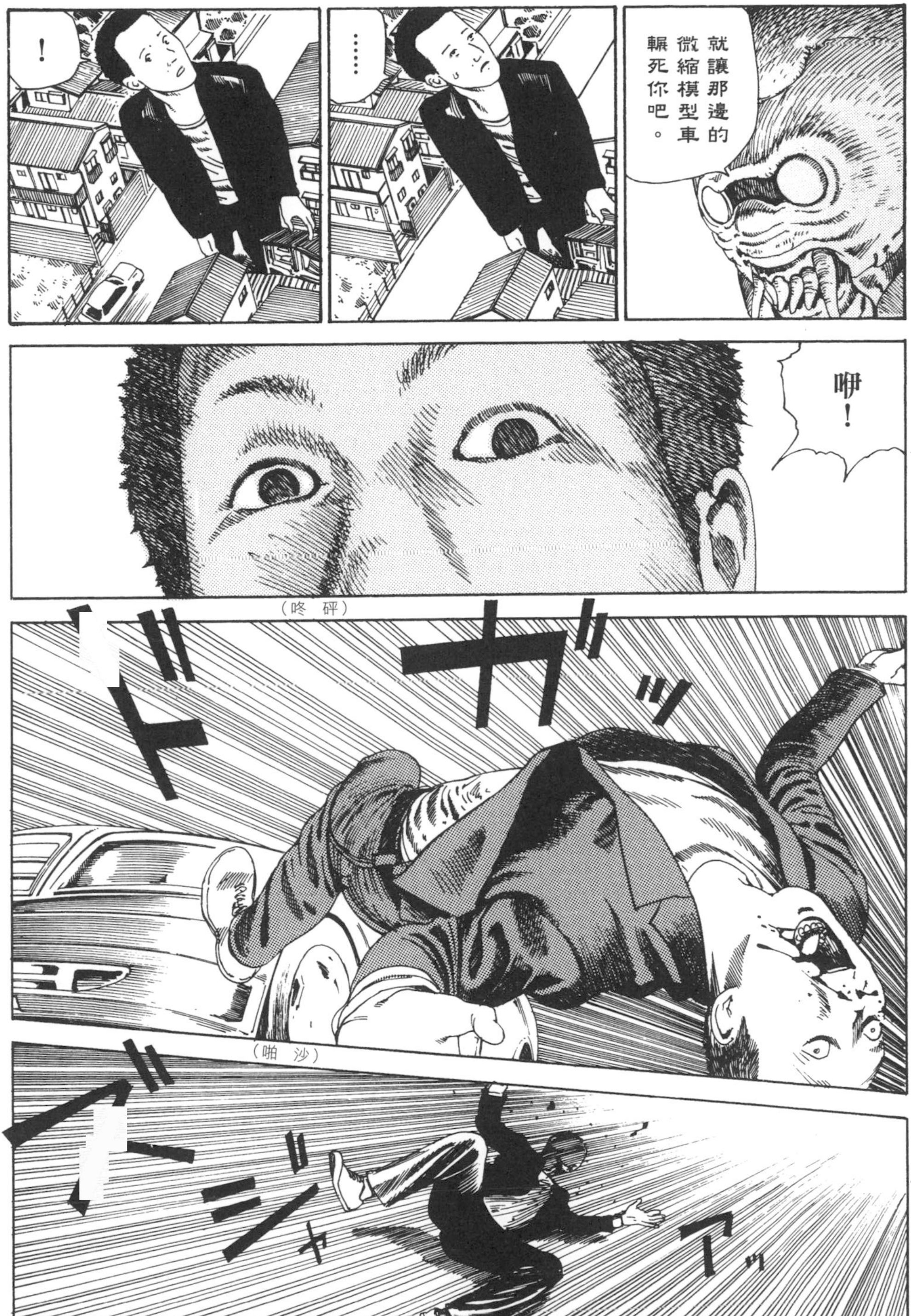
就讓那邊的微縮模型車輾死你吧。
……
!
咿!
(咚砰)
(啪沙)

導演，要拍到什麼程度？
總之拍徹底一點，盡可能從各種角度拍攝建築物。
（啪啦　啪啦　啪啦）
我要製作跟現實街景分毫不差的模型，
招牌文字也要完全相同。
パタパタパタ
我想讓大家見識究極的類比特攝。
主角一如往常起床，一如往常去上學。
走在跟自己住的城鎮分毫不差的光景中。

但是，她覺得哪裡怪怪的。
明明是熟悉的街景，卻有不對勁之處。
這時她的眼前……
也就是說，觀眾以為的巨人其實是標準大小的人類。
主角接受某實驗才遭到縮小！
是為了解決人口增加問題的實驗嗎？跟「1／8計畫」完全一樣嘛。
不一樣啦！
是說，你知道那麼久以前的作品啊。

別的先不提，為什麼要在CG全盛的時代拍模型特攝啊？
拍實景再合成不就得了？
你什麼也不懂耶。
拍實景真實感當然比較高。
但模型特攝就像傳統藝術一樣。
類似能劇或歌舞伎。
模型出現在電影裡時，不能讓觀眾看不出那是模型。
應該要做一個非常精密講究的模型組，讓觀眾感動——
哇，這模型做得真棒。這樣才對。
你看過好萊塢版哥吉拉了嗎？CG確實很有真實感，但缺乏趣味性吧？
怎麼看都像有人在裡頭的皮套戲服，一不小心搞不好連拉鏈都會露出來。
吊著戰鬥機的鋼琴線可能也會被看見，但觀眾會當作沒看見。
就跟觀賞歌舞伎會忽視黑子一樣。

話題拉回電影——主角接受某實驗，身體遭到縮小。
人類移居計畫。
為了迴避天地異變，人類在地下打造了模型都市，然後縮小身體住進去！
我先說好喔，可看之處不只是模型城鎮而已。
地震、海嘯、龍捲風、火山爆發等各種災害都會襲擊地表！
那些全部都要以模型特攝的方式拍嗎？
當然。
地震的拍法是搖晃容易毀壞的模型。
龍捲風和火山爆發要用水槽……是嗎？
答對了。
一般的火山爆發會在山的模型內填裝炸藥。
海嘯是灌水到模型中。
更激烈的爆炸或蕈狀雲的拍法是倒顏料進水槽。

還有，這次的電影我想全力避免使用合成。
啥～辦不到吧。
你別管我，拍就是了，不要休息！
是，是。
不合成要怎麼把尺寸不同的人放到同一個畫面裡？
這個嘛，從巨人視角拍攝時，
巨人由演員演出，小人則用人偶代表。
你說啥!?
這年頭還用人偶嗎!?
以前有部電影叫《科學怪人對地底怪獸》，豬登場的那場戲使用了豬的模型。
我看了心想，為啥啊!?如果只是豬的話，用真豬也沒差啊。
……
好，好，我拍，我拍。

接著是小人視角……
這種情況下，實際去做一個巨人裝置就妥當了。
吉勒明版的《金剛》就用了一比一的機械偶對吧。
一九八四年版《哥吉拉》也有cybot哥吉拉呢。
嗯，並沒有根據設定做成八十公尺高就是了。
不過東西一大，就會碰上無法順暢動作的狀況對吧。
要是沒搞好，手就會變得像《女金剛》那樣軟趴趴的。
欸，別瞧不起現代機器人的技術啊！
聽說《侏羅紀公園》原本想大量使用尺寸等同實物的機器人。現在技術應該又更進步了。
沒辦法做得跟真的東西一樣大，但已能在一定範圍內重現巨大物體的動作。

做那種東西要多少預算啊？
這個嘛。
不找個口袋相當深的贊助者可能會很難實行吧。
說到這個，導演啊。
嗯？
為什麼你對模型特攝執著到這種程度啊？
嗯？
嗯……
想要守護模型特攝這種日本傳統文化嗎？
如果我這樣推測很壞心，還請見諒。
你的堅持會不會是……
跟以前自殺的白川特技導演有關？

導演，你以前師事白川先生對吧？
而我聽說那位白川先生對模型特攝非常講究。
如果說白川先生影響了你，你那份堅持有一部分可說是為了要繼承他的意志囉？
……
確實……我從白川先生那裡得到很多恩惠，工作方面、生活方面他都很照顧我。
那陣子白川先生在負責某大製作電影的特攝場景拍攝。
後來電影的特攝部分由其他特攝導演接手……但我看了完成的影像後傻眼了。
他的特攝一點靈魂也沒有！完全沒有白川流特攝的活力生氣！

所以我……我以前就立下了一個目標，有能力自己拍片後，要用白川的方法去拍。
就算現在是CG全盛期，就算別人會說我老氣……
不對，正因為現在是這樣的時代，我才想讓大家知道白川流特攝的優秀！
……
我完全了解了。
話說……白川先生，
他為什麼要自殺呢？
為什麼……
原因不重要吧？
跟攝影棚內發生的事件有關嗎？
你……你想說什麼？
節目拍攝使用了微縮模型的整人企畫……
結果被整的藝人死了，之類的……
你、你怎麼知道!!

咦～因為新聞播出來了啊？查一下就會知道了。
那藝人可能是因為白川先生的規畫失誤才死的……
他會不會是內疚才自殺呢？
裝什麼懂！
你懂屁啊!!
痛。
ドス
（咚唰）
不、不好意思，我太輕率了。
很抱歉，我願意賠罪。
但我當初會調查，是因為有個風聲在棚內傳開了。
風聲？什麼啊。
你沒聽說嗎？
那藝人的幽靈似乎會在棚內出沒。

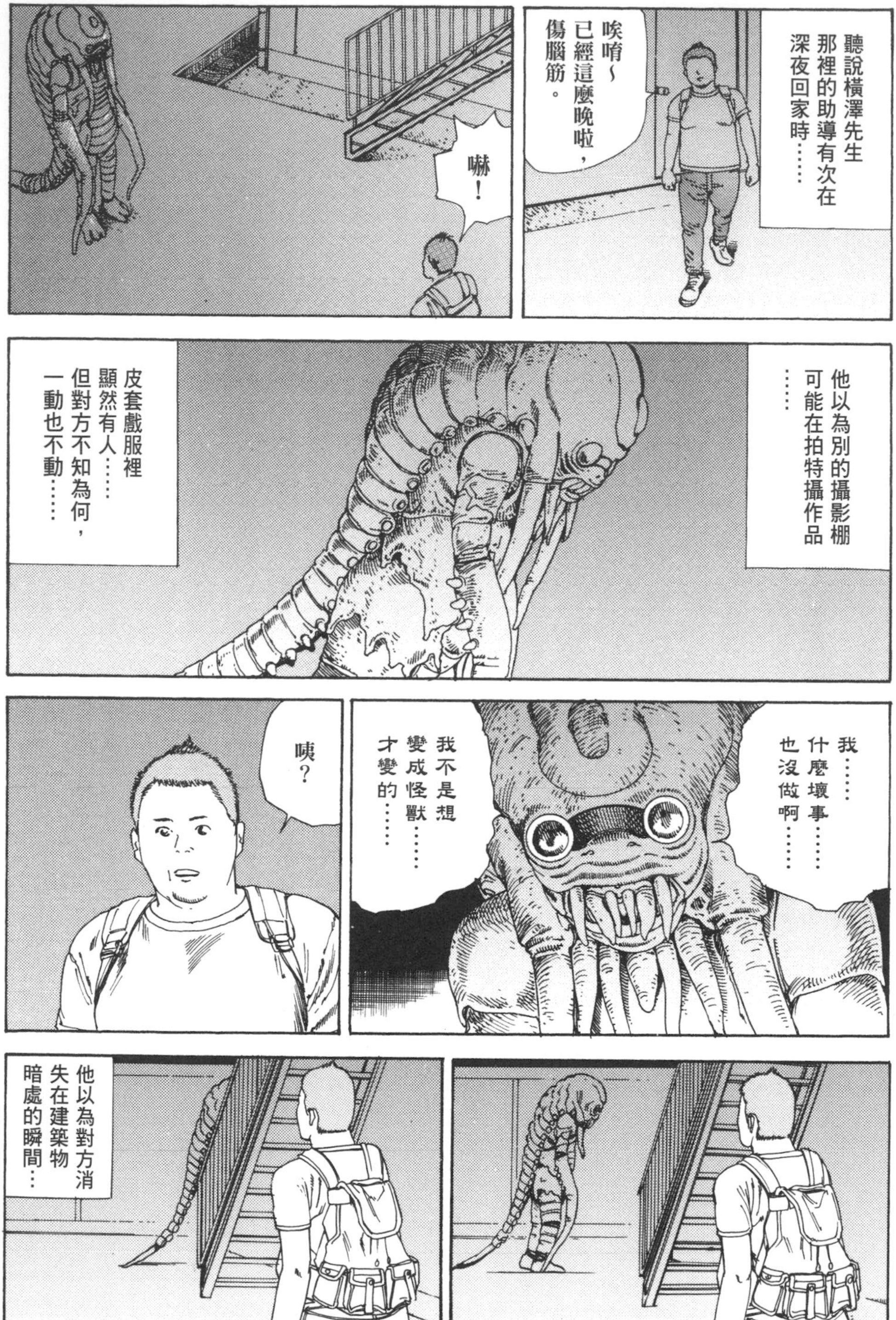

聽說橫澤先生
那裡的助導有次在
深夜回家時……
唉唷～
已經這麼晚啦，
傷腦筋。
嚇！
他以為別的攝影棚
可能在拍特攝作品
……
皮套戲服裡
顯然有人……
但對方不知為何，
一動也不動……
我……
什麼壞事……
也沒做啊……
我不是想
變成怪獸……
才變的……
咦？
他以為對方消
失在建築物
暗處的瞬間…

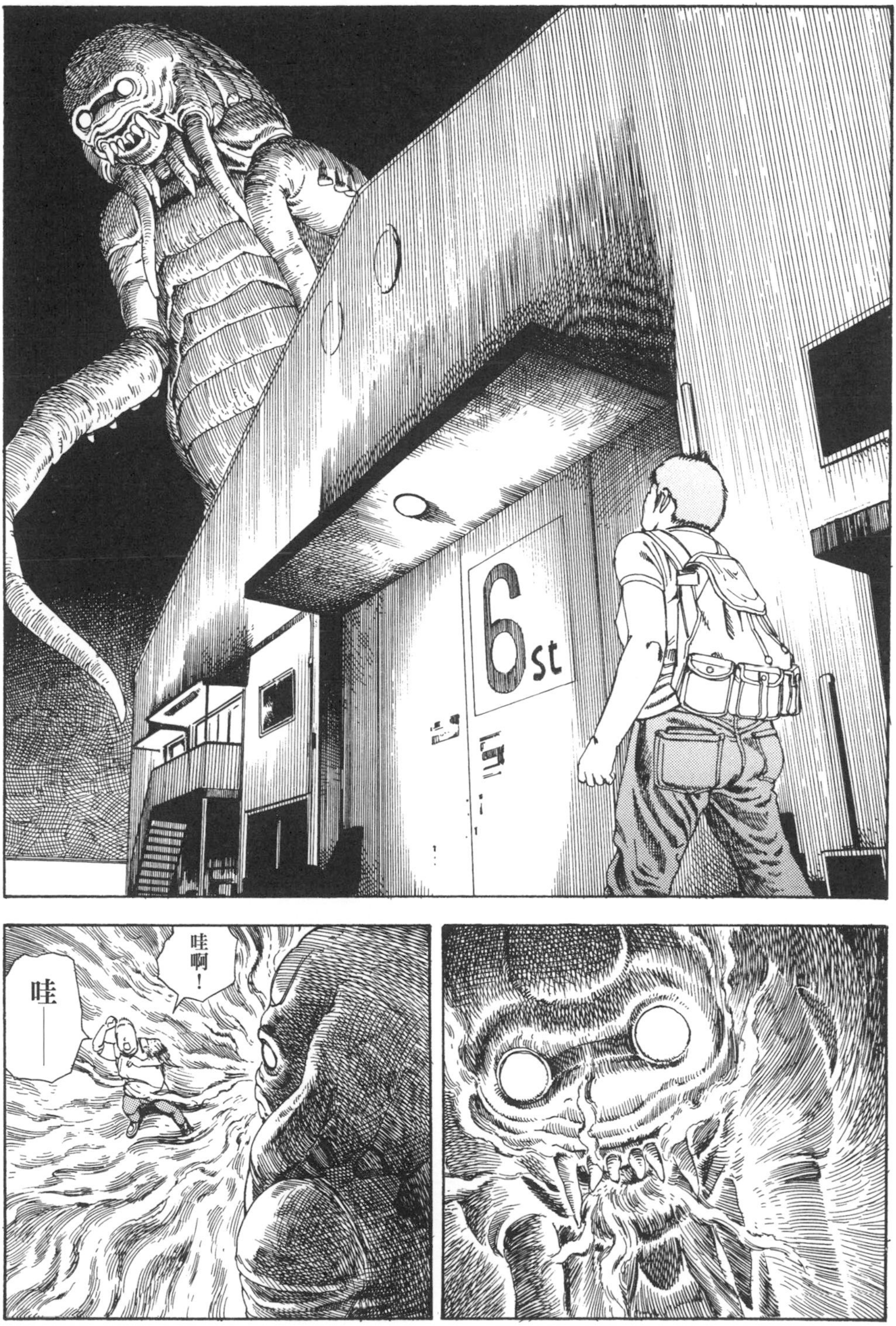
哇啊！
哇——

啥？是怎樣啊。
他為什麼會變大？
換句話說……藝人是在誤以為自己已成為怪獸的情況下死去的，
所以變成幽靈後就以怪獸的姿態晃來晃去。
還有其他版本的傳言……
!!
有人看到巨大化的怪獸拔腿就逃，可是……
吁。
吁。
吁。
呼。
呼。
哈。
……嗯？

嗯？什麼意思。
就是說，不是怪獸變大了，
而是目擊怪獸的人類縮小了。
話說回來，什麼叫其他版本啊，這樣簡直像都市傳說嘛。
不對，而且還很像我的電影！
是的，都市傳說。
我也這麼覺得。
直到昨天。
昨天半夜……我自己也看到了。
啥——？
回家途中，那巨大的身體從我眼前橫過！
……真是無聊耶！你看到幻影了吧？
結果呢？是它變大還是你縮小？

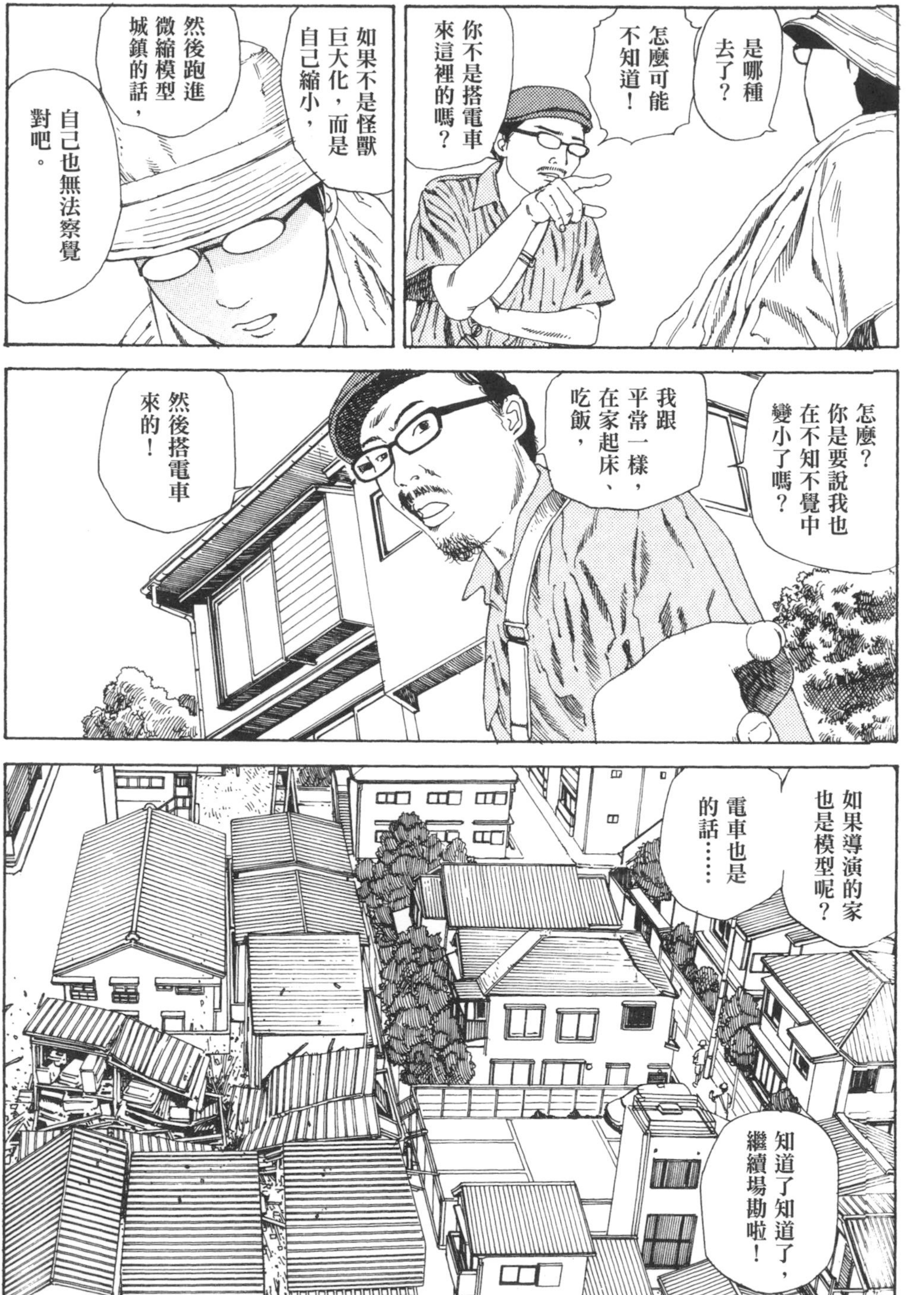
是哪種去了？
怎麼可能不知道！
你不是搭電車來這裡的嗎？
如果不是怪獸巨大化，而是自己縮小，
然後跑進微縮模型城鎮的話，
自己也無法察覺對吧。
怎麼？你是要說我也在不知不覺中變小了嗎？
我跟平常一樣，在家起床、吃飯，
然後搭電車來的！
如果導演的家也是模型呢？
電車也是的話……
知道了知道了，繼續場勘啦！

是說今天也太熱了吧。
是啊。
有沒有自動販賣機啊，我渴得不得了。
一路走過來完全沒有呢。
這麼說，也沒有便利商店呢。
(啪啦 啪啦 啪啦)
バタ バタ バタ バタ
完全沒有人在外頭走動也很怪呢。
哇，那邊的違法廢棄物真驚人。
嗯？
嗯？
咦。

什麼？
怎麼了？
（啪）

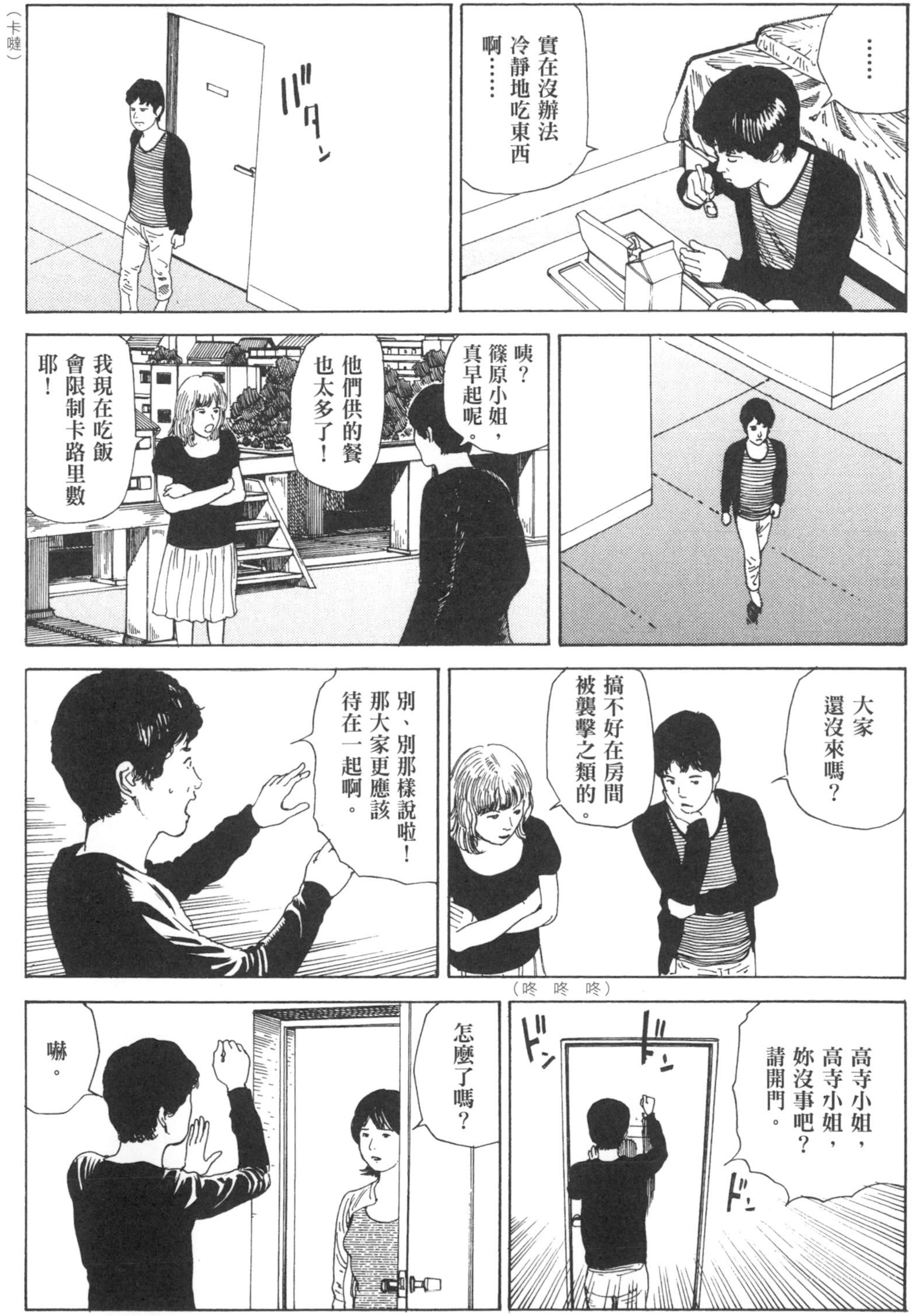
……
實在沒辦法冷靜地吃東西啊……
（卡噠）
バタン
咦？篠原小姐，真早起呢。
他們供的餐也太多了！
我現在吃飯會限制卡路里數耶！
大家還沒來嗎？
搞不好在房間被襲擊之類的。
別、別那樣說啦！那大家更應該待在一起啊。
（咚 咚 咚）
高寺小姐，高寺小姐，妳沒事吧？請開門。
ドン
ドン
ドン
怎麼了嗎？
嚇。

呼，還好沒事。
你真的很誇張耶。
喂，喂，怎麼啦？很吵耶！
怎麼了嗎？
啊，大家都沒事呢！
那我們再一起吃個飯吧！
不要啦，我已經吃飽了。
我不用吃，基本上我是不吃早餐的。
(咚 咚 咚 咚)
大野先生不在耶……
還在吃飯嗎？
！
大野先生，大野先生，你還好嗎？請回答！
ドン
ドン
ドン
ドン
(卡恰)
チャッ
大野先生……？不在嗎？

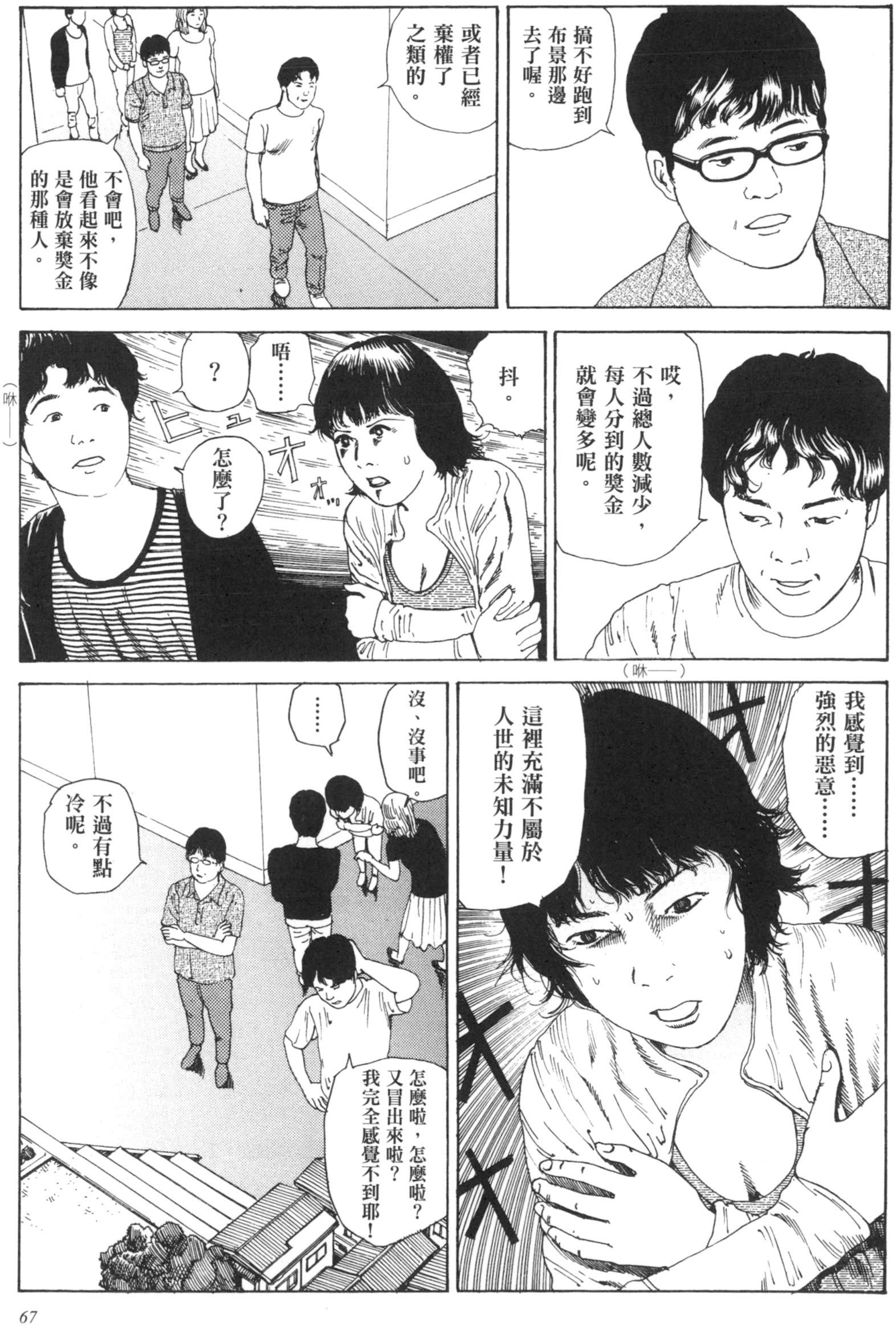
搞不好跑到布景那邊去了喔。
或者已經棄權了之類的。
不會吧，他看起來不像是會放棄獎金的那種人。
哎，不過總人數減少，每人分到的獎金就會變多呢。
（咻——）
抖。
唔……
？
怎麼了？
（咻——）
我感覺到……強烈的惡意……
這裡充滿不屬於人世的未知力量！
……
沒、沒事吧。
不過有點冷呢。
怎麼啦，怎麼啦？又冒出來啦？我完全感覺不到耶！

會不會在哪裡絆到腳跌倒了？
喔！
這是…
怎麼了？
咦，這什麼啊，好低級的嗜好。
模擬「交通事故」嗎？
這麼說來，好像有點像大野先生……
還不只呢，請仔細看！
這衣服和臉……不覺得很像誰嗎？

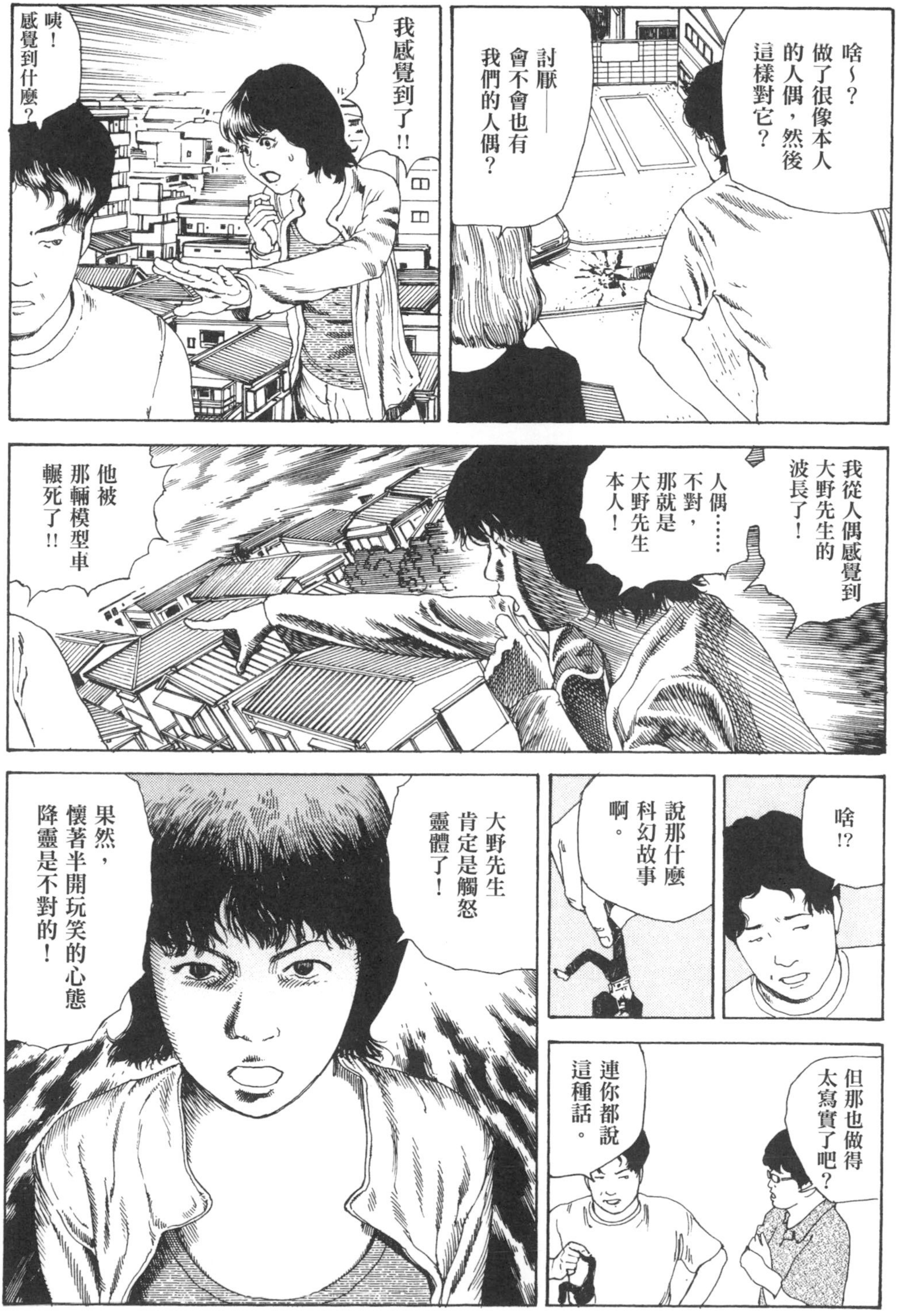
啥～？做了很像本人的人偶，然後這樣對它？
討厭——會不會也有我們的人偶？
我感覺到了!!
咦！感覺到什麼？
我從人偶感覺到大野先生的波長了！
人偶……不對，那就是大野先生本人！
他被那輛模型車輾死了!!
啥!?
說那什麼科幻故事啊。
但那也做得太寫實了吧？
連你都說這種話。
大野先生肯定是觸怒靈體了！
果然，懷著半開玩笑的心態降靈是不對的！

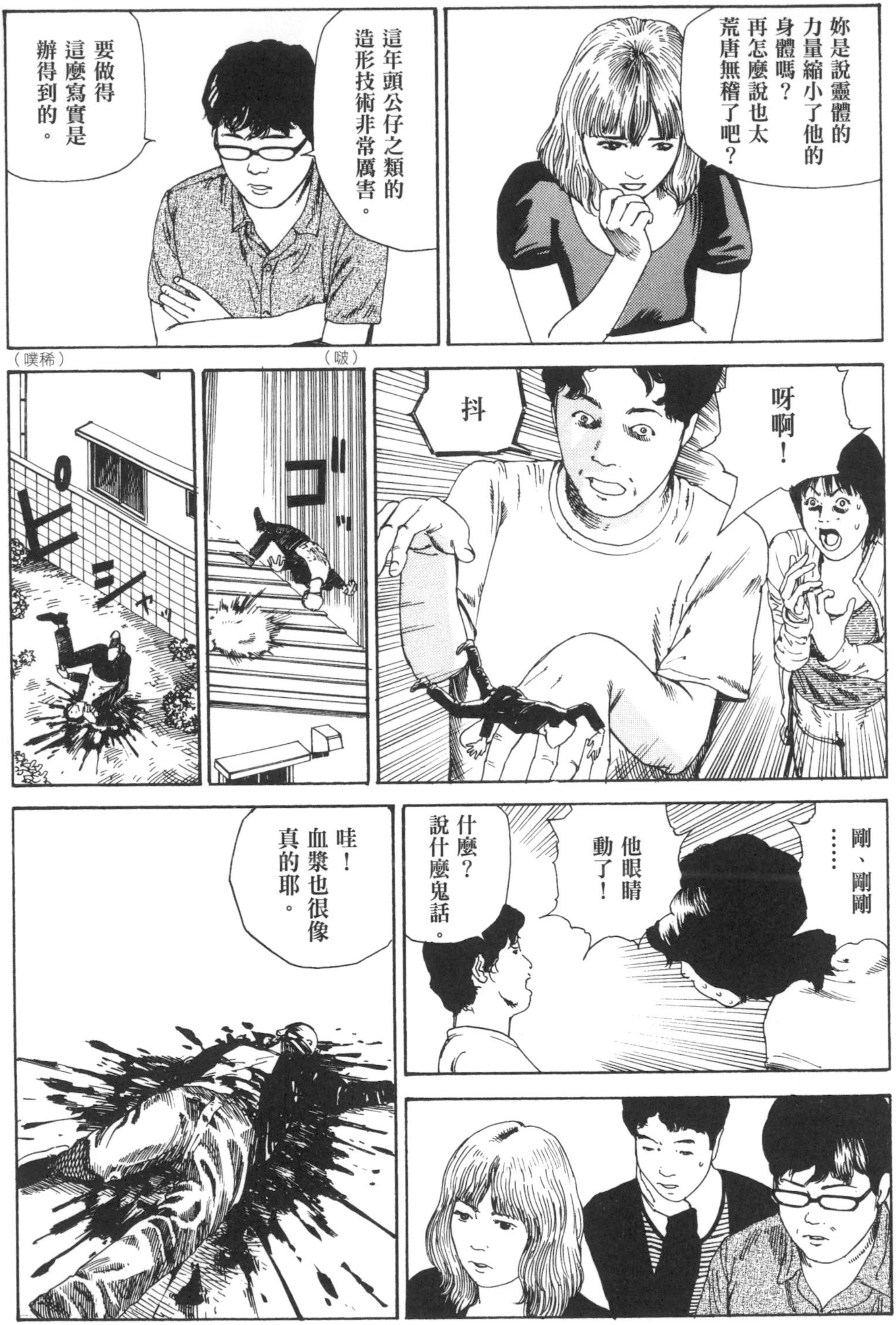
妳是說靈體的力量縮小了他的身體嗎？再怎麼說也太荒唐無稽了吧？
這年頭公仔之類的造形技術非常厲害。
要做得這麼寫實是辦得到的。
（啵）
（噗稀）
呀啊！
抖
剛、剛剛……
他眼睛動了！
什麼？說什麼鬼話。
哇！血漿也很像真的耶。

哇啊啊啊啊啊啊啊
他也太誇張了。
沒事吧？
沒、沒事。

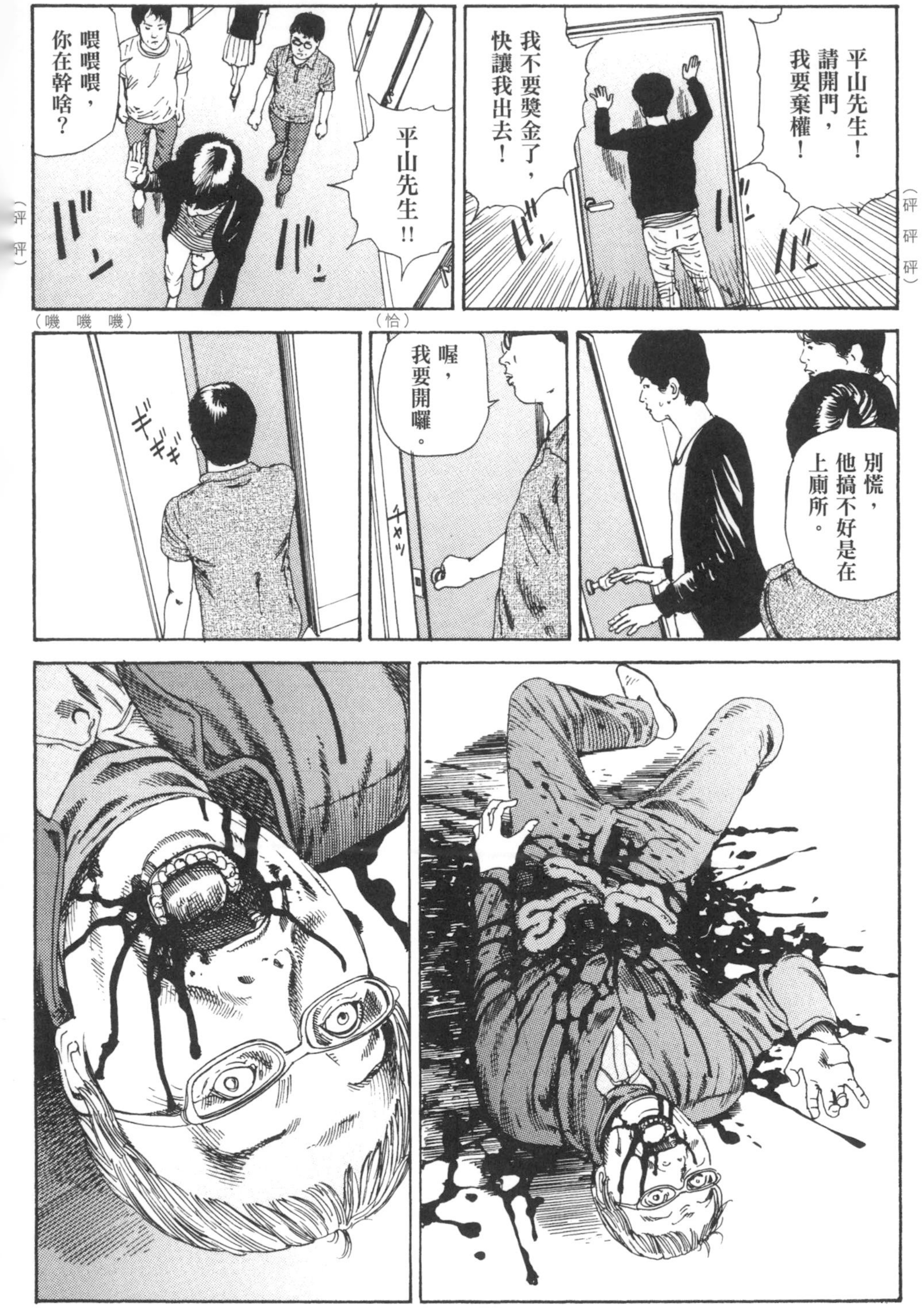
平山先生！請開門，我要棄權！
我不要獎金了，快讓我出去！
（砰砰砰）
平山先生!!
喂喂喂，你在幹啥？
（砰砰）
（恰）
別慌，他搞不好是在上廁所。
喔，我要開囉。
（嘰嘰嘰）

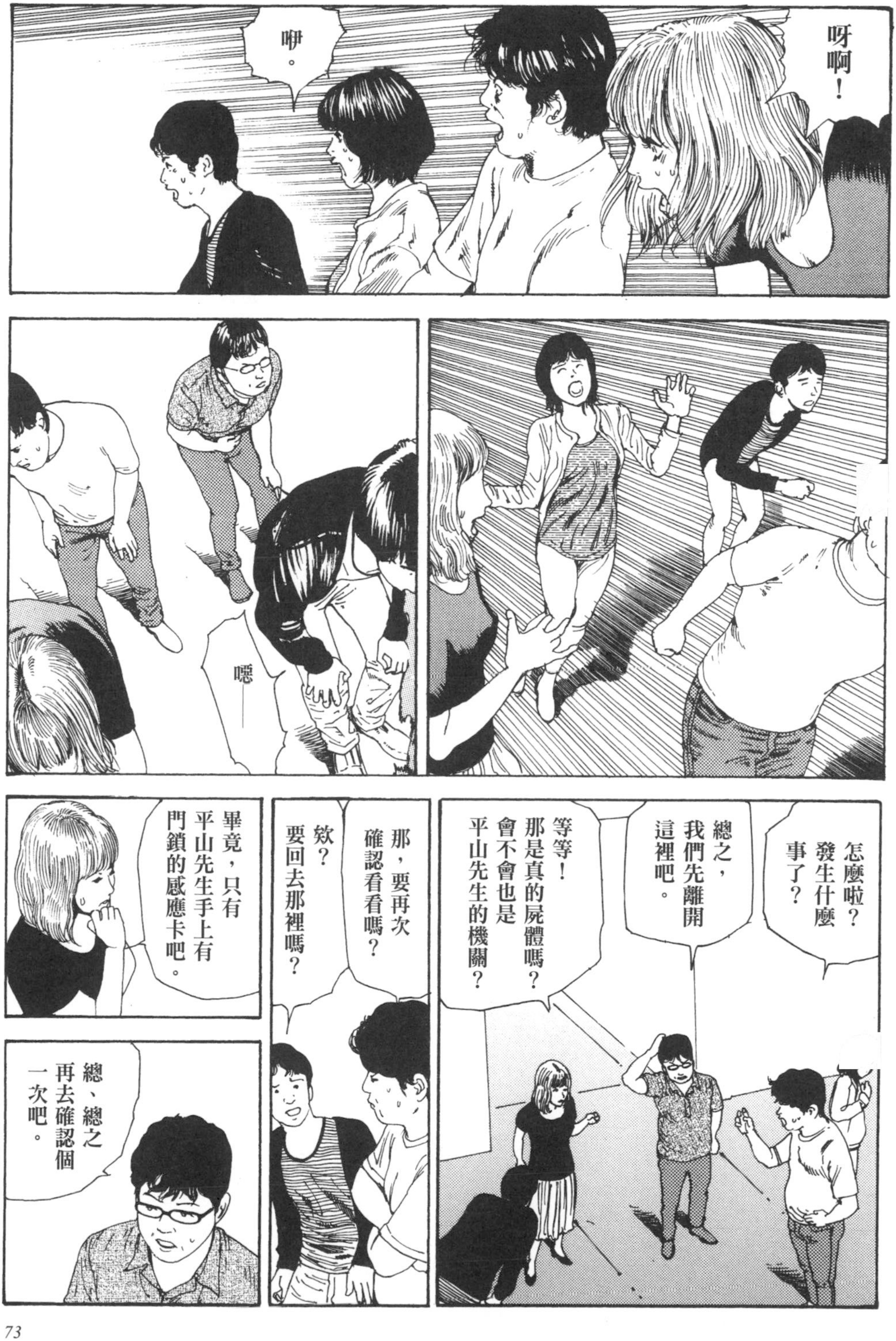
呀啊！
咿。
嗯——
怎麼啦？發生什麼事了？
總之，我們先離開這裡吧。
等等！那是真的屍體嗎？會不會也是平山先生的機關？
那，要再次確認看看嗎？
欸？要回去那裡嗎？
畢竟，只有平山先生手上有門鎖的感應卡吧。
總、總之再去確認個一次吧。

如、如何？
……
我不是專家，所以不清楚詳情……不過這怎麼看都像屍體呢……
怎麼看都是死人對吧？現在是怎樣啊！
我、我不知道……
難道是被殺害的……
殺害……被誰殺的啊？
不要問我啦！
青田先生的靈體抓狂了！
妳老是講那些！

啊！如何？真的是屍體嗎？
鑰匙呢？
很遺憾，那似乎真的是屍體。
鎖打不開，我們在房間裡搜了一輪，沒發現感應卡片。
咦——那要怎麼辦？出入口只有這一個啊。
也就是出不去了。
手機也都寄放在他們那裡了，沒辦法打電話吧？
送餐梯呢？
上面的人，聽得到嗎！有緊急狀況！
平山先生死了！比賽中止！
門打不開！請從外面幫我們開！

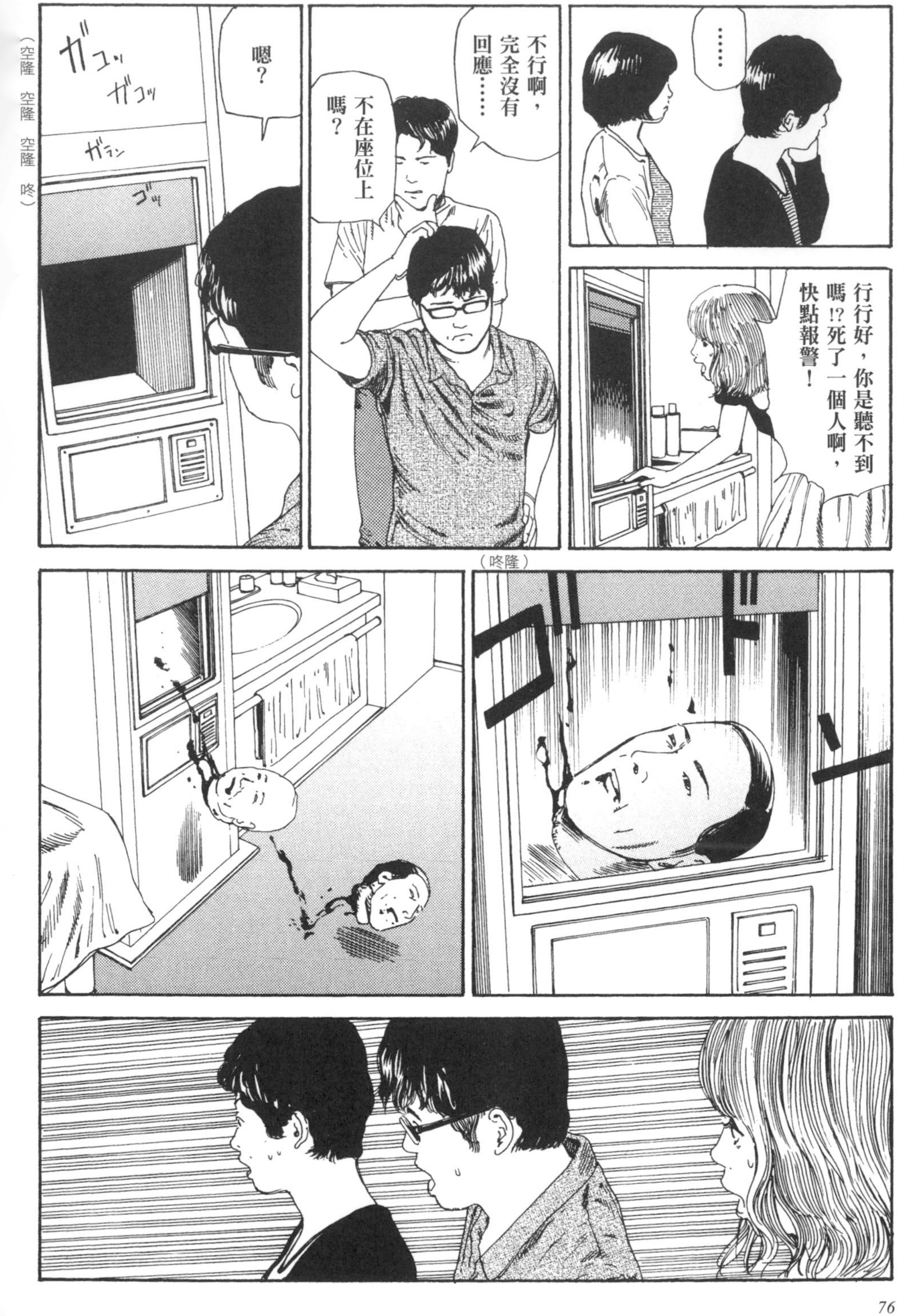
……
不行啊，完全沒有回應……
不在座位上嗎？
嗯？
ガコッ
ガコッ
ガタン
ゴッ
（空隆　空隆　空隆　咚）
行行好，你是聽不到嗎!?死了一個人啊，快點報警！
（咚隆）

哇啊啊啊！
啊啊啊！
喂，你要去哪！
等等！冷靜點啊！
吵死了，我要活下來，誰要死啊！
咻

那邊的人！救命啊！
我們被困在這裡了!!
請聯絡警察！
（咻——）
救命，救命，救命啊！
不妙，他失去理智了。
抖
ヒュオオオオオオ
小心！我感覺到它的氣了!!

（吼 嗚 嗚）
ゴォオォオォォオ
（嗚 嗚 嗚）
咿。
オオオ

哇啊啊
啊啊啊啊
啊啊
鈴木先生！
啊。
鈴木先生
……!?
難道說……
怎麼會……

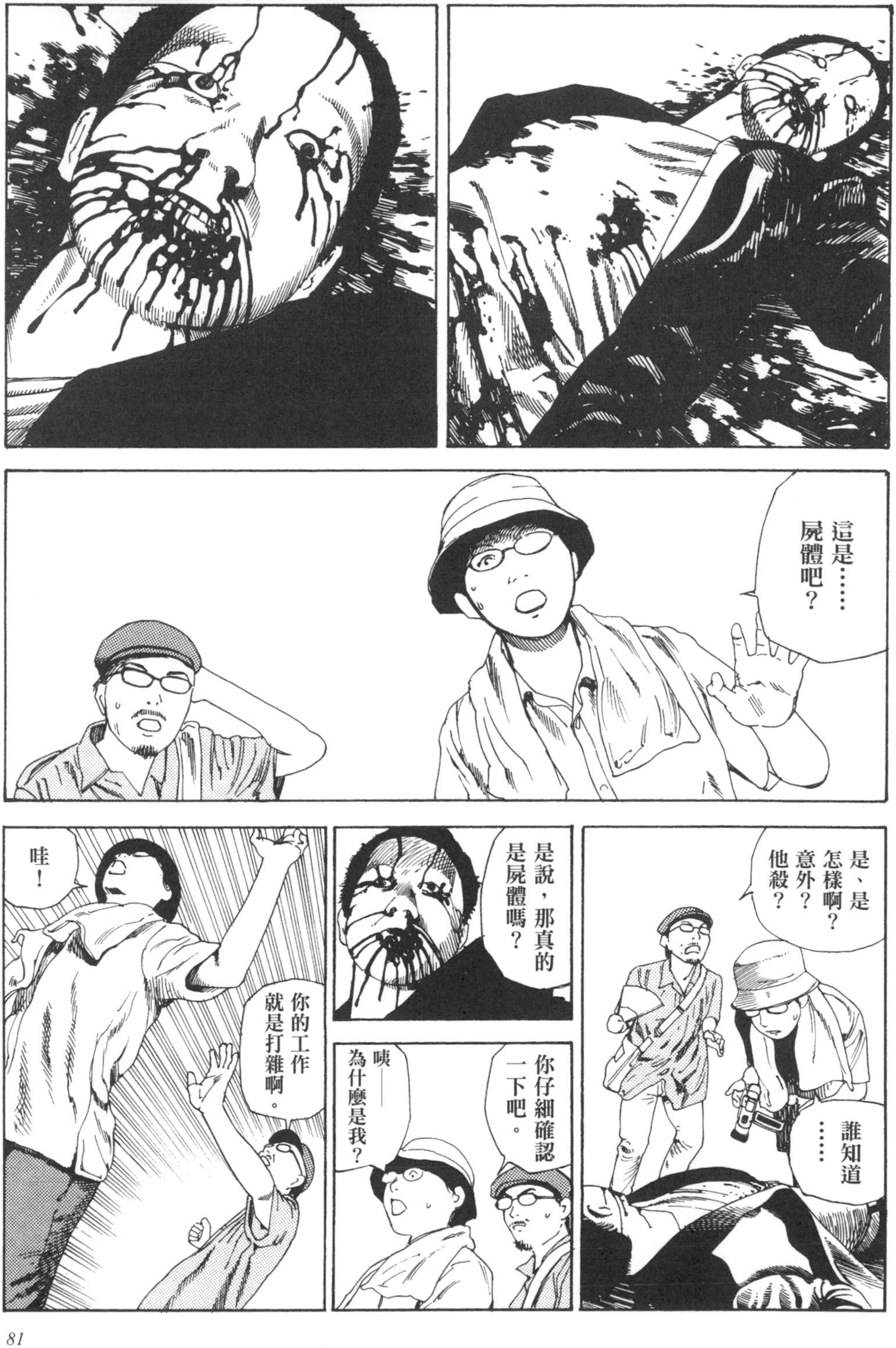
這是……屍體吧？
是、是怎樣啊？意外？他殺？
誰知道……
是說，那真的是屍體嗎？
你仔細確認一下吧。
咦——為什麼是我？
哇！
你的工作就是打雜啊。

（咚啾）
ドチュ
唔嗯。
導演。
唔……
他已經死了，外行人來看也看得出來。
這怎麼看都是血呢。
是犯罪或意外事故……車禍肇事逃逸嗎？
大野雄二
邀請函……
要去宴會的途中嗎？
ANA MORPHOSIS
邀請函
喂，你先錄下來再說。
啥!?不打一一〇嗎？
打啊！但這可是沒什麼機會看到的第一手屍體畫面耶！先拍再說。
欸~真討厭，這樣太不尊重了……
那算了，我拍，你去打一一〇！
（啪）
パシッ

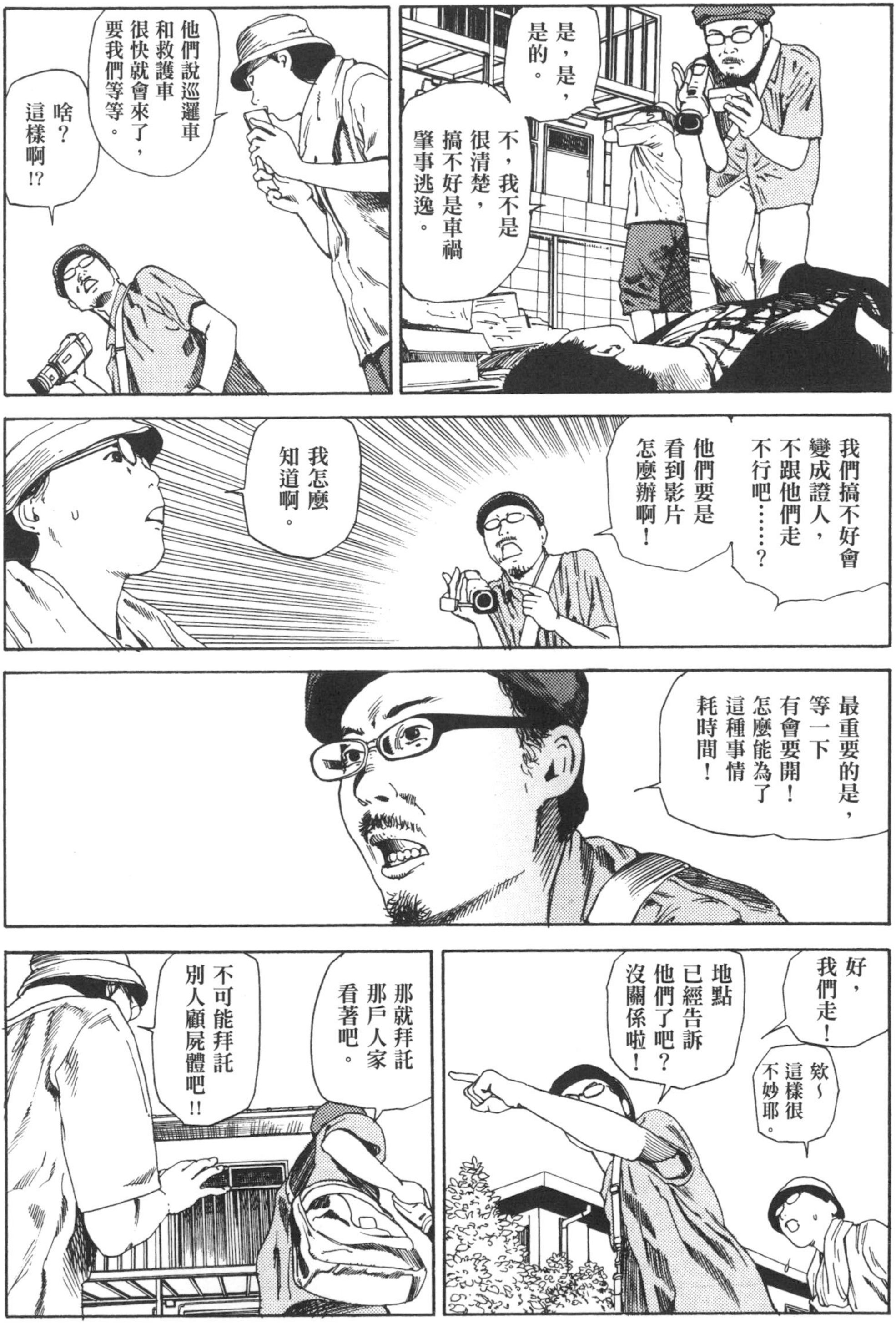
是，是，是的。
不，我不是很清楚，搞不好是車禍肇事逃逸。
他們說巡邏車和救護車很快就會來了，要我們等等。
啥？這樣啊!?
我們搞不好會變成證人，不跟他們走不行吧……？
他們要是看到影片怎麼辦啊！
我怎麼知道啊。
最重要的是，等一下有會要開！怎麼能為了這種事情耗時間！
好，我們走！
欸~這樣很不妙耶。
地點已經告訴他們了吧？沒關係啦！
那就拜託那戶人家看著吧。
不可能拜託別人顧屍體吧!!

那你自己一個人顧吧，我要回去了！
等、等一下，我才不要咧。
呵呵呵，你講這種話真的好嗎？
這上頭已經有導演的指紋了。
警察要是查到這個，搞不好會以為是肇事逃逸的嫌犯下車查看留下的喔。
啊，你太卑鄙囉！
交出來！
不要咧。
嘖，我知道了，我等就是了。
光是杵在這裡也沒用，你去那一頭拍拍東西。
是。
是說，我想到剛剛的話題。
你是指？
你看到的怪獸幽靈啦！
你真的看到了吧？

看到了啊……嗯，不過如果有人說「那應該是幻覺吧」我也完全沒有反駁的根據就是了。
這件事你很在意嗎？
……
當然會在意。
如果真的是穿著皮套戲服的菜鳥藝人……莖莖青田的幽靈的話……
我畢竟是看過他死狀的目擊者之一啊。
咦，你在現場啊!?
我那時以助手身分跟著白川先生。
我們拍攝的是一個整人企畫節目，整一個叫青田的藝人。
為此組了一個非常厲害的微縮模型布景……
我們事前在怪獸皮套戲服裡裝了炸藥……
不過炸藥的量似乎搞錯了，導致青田死於爆炸引起的燙傷……

那是一起不幸的意外。
白川先生是現場督導，因此被迫扛起責任。
……
不過其實我在開拍前就注意到有差錯了。
咦？那跟白川先生說不就得了？
我說了啊！
我說，不管怎麼想，炸藥的量實在太多了吧……
但是白川先生還是堅持己見，說這樣就行了。
……
我沒辦法再多說什麼。
白川先生是特攝界之神……
像我這種在他下面工作的小嘍囉，根本沒有發表意見的餘地。
要是無視白川先生，直接減少炸藥量的話，也許就能阻止那場悲劇了啊……

話說回來……
警察和救護車真慢啊。
是啊，也差不多該到了。
你有沒有清楚告訴他們地點？
講了啊，你看那邊那個。
工房
小手元内 1-4
要是不快一點，就要開始腐爛了。
咦，不會吧。
嗯!?

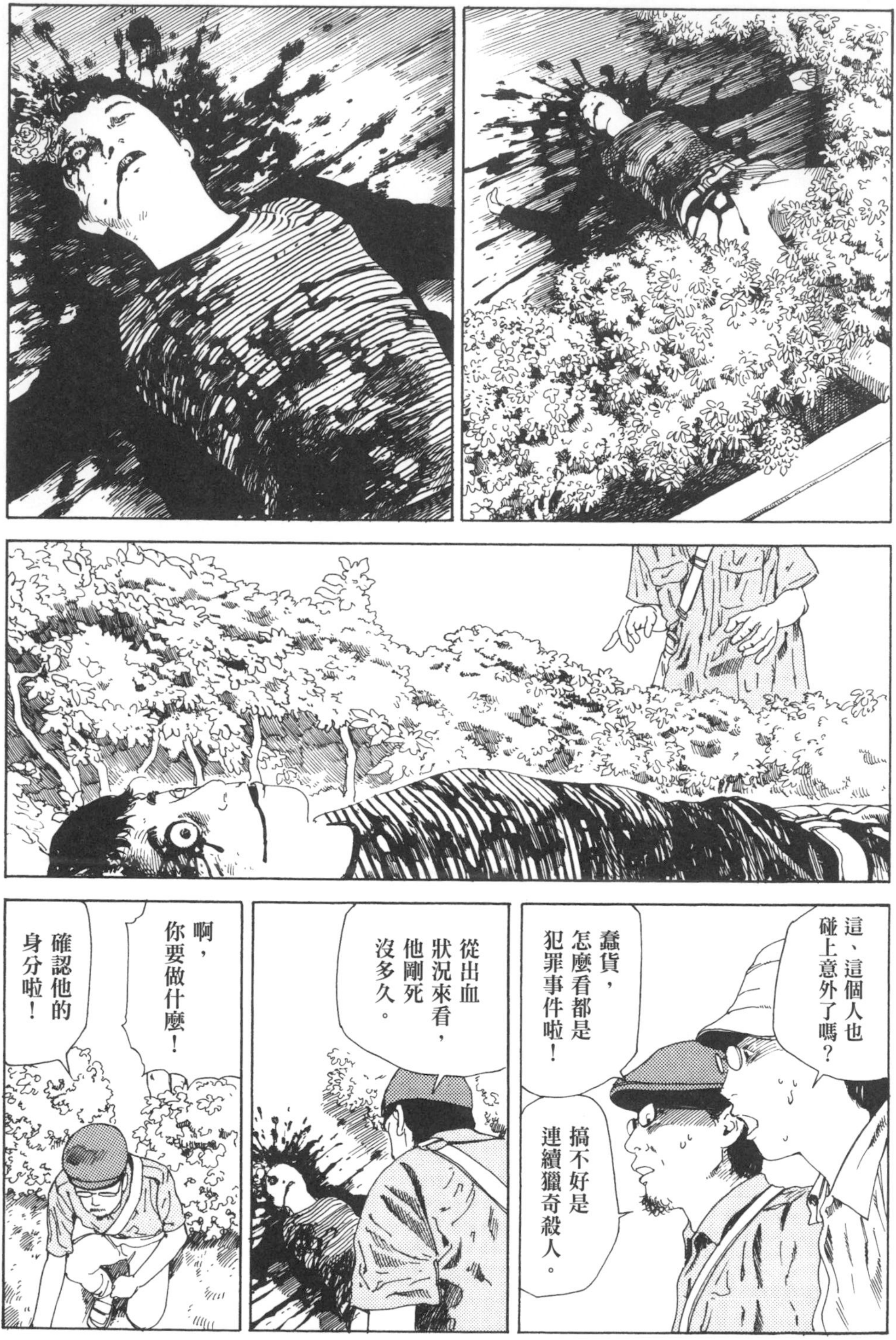
這、這個人也碰上意外了嗎？
蠢貨，怎麼看都是犯罪事件啦！
搞不好是連續獵奇殺人。
從出血狀況來看，他剛死沒多久。
啊，你要做什麼！
確認他的身分啦！

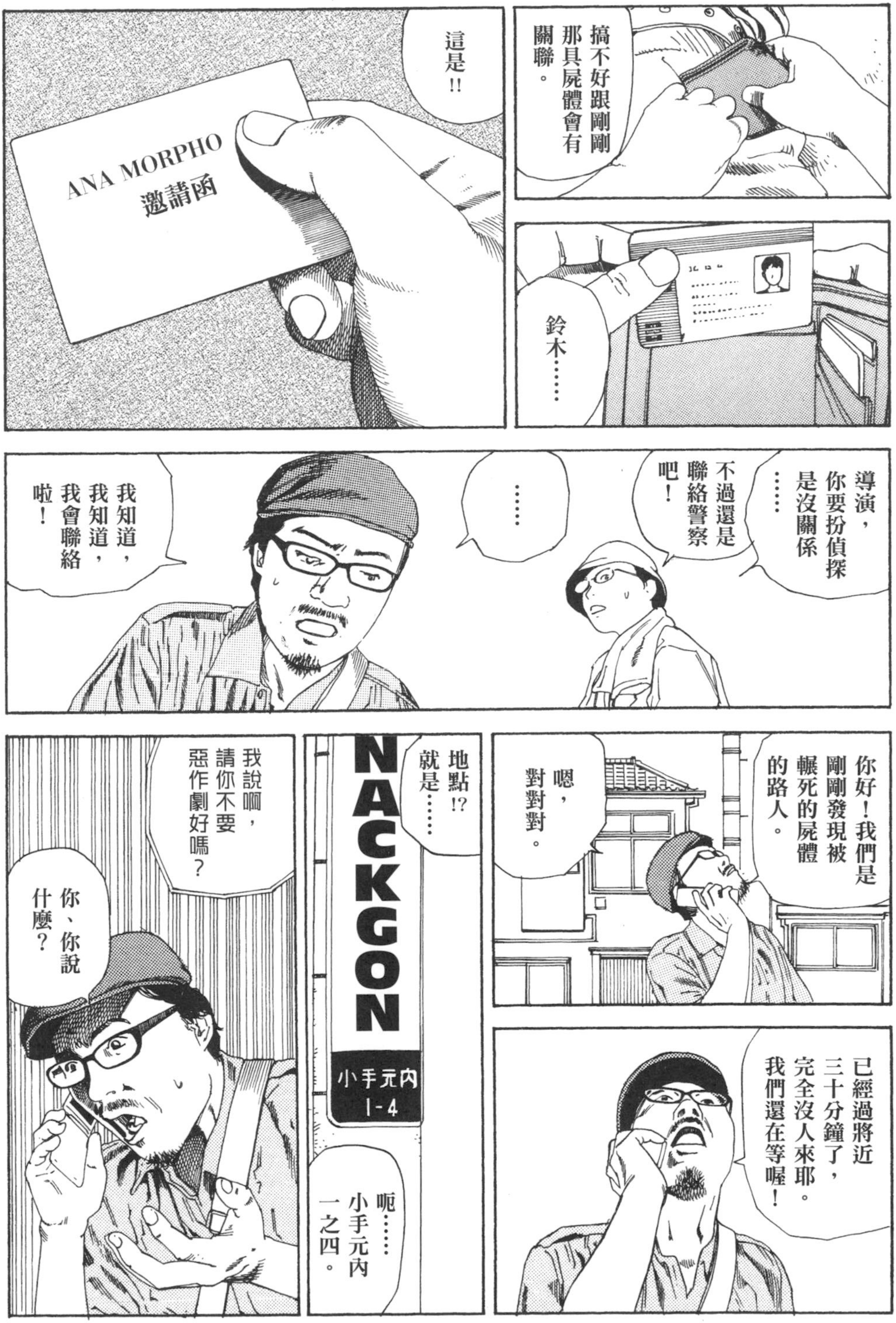
搞不好跟剛剛那具屍體會有關聯。
鈴木……
這是!!
ANA MORPHO
邀請函
導演，你要扮偵探是沒關係……
不過還是聯絡警察吧！
……
我知道，我知道，我會聯絡啦！
你好！我們是剛剛發現被輾死的路人。
嗯，對對對。
已經過將近三十分鐘了，完全沒人來耶。我們還在等喔！
地點!?就是……
NACKGON
小手元內
1-4
呃……小手元內一之四。
我說啊，請你不要惡作劇好嗎？
你、你說什麼？

那個住址根本不存在啊！
你這樣會造成別人困擾，請你以後絕對不要再打這種電話！
卡恰　叩
……
我們該不會真的跑進微縮模型裡了吧……

媽的，開什麼玩笑！
只能繼續讓那戲服男惡靈搞我們嗎！
不要啊，我不要死在這種地方！
讓我回去！
……
沒救了，靈體徹底抓狂了。
我們根本應付不來。
不，現在放棄還太早。
你說什麼？

我們或許鎮不住抓狂的靈體吧。
不過我們可以壓制元兇。
元凶？
就是平山本人啊。
你在說什麼？他不是被殺了嗎！
房間內確實死了一個自稱平山的男人，
但我們憑什麼一口咬定他就是活動主辦者平山本人？
別的先不提，大家事前就知道平山長什麼樣子了嗎？
的確……他那樣自稱，我們才認為他是本人。
他如果不是平山，那會是誰啊？
只要有錢拿，願意扮他的人多的是吧？窮演員之類的。
平山主辦的降靈會「歪像館」，至今已經舉辦好幾次了。你知道一年前的歪像館內容嗎？
呃，不清楚……

是三年前
發生於東京
世田谷的獵奇
殺人案——
連續腰斬魔
事件！
如各位所知，
此事件中有
好幾位女性
身體遭截斷
而死。
前次歪像進行的是
其中一名被害者
風村鈴子的降靈。
案發現場是
她住的獨棟房屋。
據說主辦單位也在
攝影棚內完全
重現現場。
那次也
同樣是由
靈媒喚來
受害者的靈體。
（轟）

然而，靈魂接二連三地襲擊參加者，也許是因為怨念太強烈了吧。
六人當中有五個遭腰斬死亡，模樣悽慘——
唯一生還的男性在四十八小時後領到獎金，被放出會場，但至今仍躲在鄉下。
你知道的真細節……你是那個人的朋友嗎？
不是的，是我找上門去。
（啪）
我是私家偵探千葉治郎。
ピッ
千葉治郎
找人是我的專業。

偵探？
偵探為什麼要參加神祕學活動！
有人委託啊。
參加上一次歪像的大學生的親戚請我來的。
他們說他參加了神祕學相關活動後就沒消沒息了，希望我尋找他的下落。
然後我循線追查到平山的歪像。
平山會從大學或民間的神祕學社團、同好會、神祕學雜誌、影像、網站的相關人士中挑選出邀請函發送對象。
我一一過濾那些人，到處追查。
啊，那個啊。我有個前輩在大約三年前說他參加過喔。
是嗎？
他似乎中途就棄權了……後來完全不想提起那個活動的事情。
別這樣，我不想談那件事。
真想忘記呢。

我見了幾個參加者或參加者的朋友，大家都不想多說什麼。
也有人參加後就音訊全無。
接著呢，我連一年前的四個歪像參加者都挖了出來。但活動中遭腰斬而死的參加者至今仍被視為失蹤者。
也就是說，他們已死的事實被埋藏在黑暗中了！
接著，我決定親身參加歪像，調查過去發生了什麼事，
如果能取得有人死亡的證據最好！就是這樣。
你是怎麼拿到邀請函的？
多方探查的過程中，我和收到邀請函的人取得了聯絡，請對方轉讓給我。
過去的歪像也有好幾個參加者丟了性命。
平山應該對靈體的危險有充分了解才對。
你們覺得他會那麼容易被殺嗎？
可是……這跟平山是死是活有什麼關係？
請想一想。

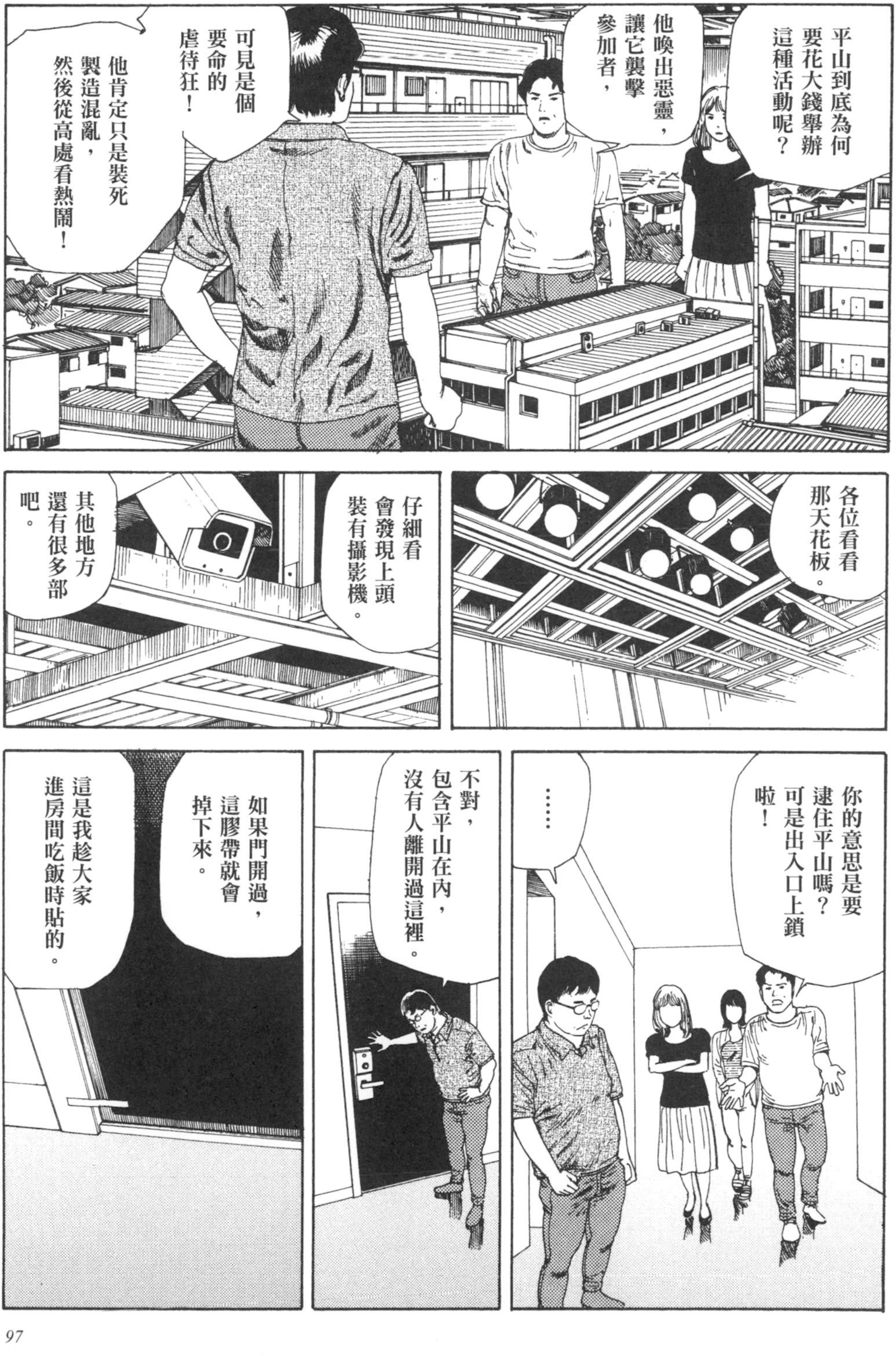
平山到底為何要花大錢舉辦這種活動呢？
他喚出惡靈，讓它襲擊參加者，
可見是個要命的虐待狂！
他肯定只是裝死製造混亂，然後從高處看熱鬧！
各位看看那天花板。
仔細看會發現上頭裝有攝影機。
其他地方還有很多部吧。
你的意思是要逮住平山嗎？可是出入口上鎖啦！
……
不對，包含平山在內，沒有人離開過這裡。
如果門開過，這膠帶就會掉下來。
這是我趁大家進房間吃飯時貼的。

也許某處開了個洞，開在房間內或微縮模型布景內。
或者，他本人就潛伏在這層樓。
你是說他還在這裡!?
微縮模型的大樓可能塞得下一個人，可是……
當然了，你說的可能性並非零……
不過另一個可能性是平山就在我們面前。
咦？面前？
你的意思是……
我們這四個人當中，也許有一個人就是平山。

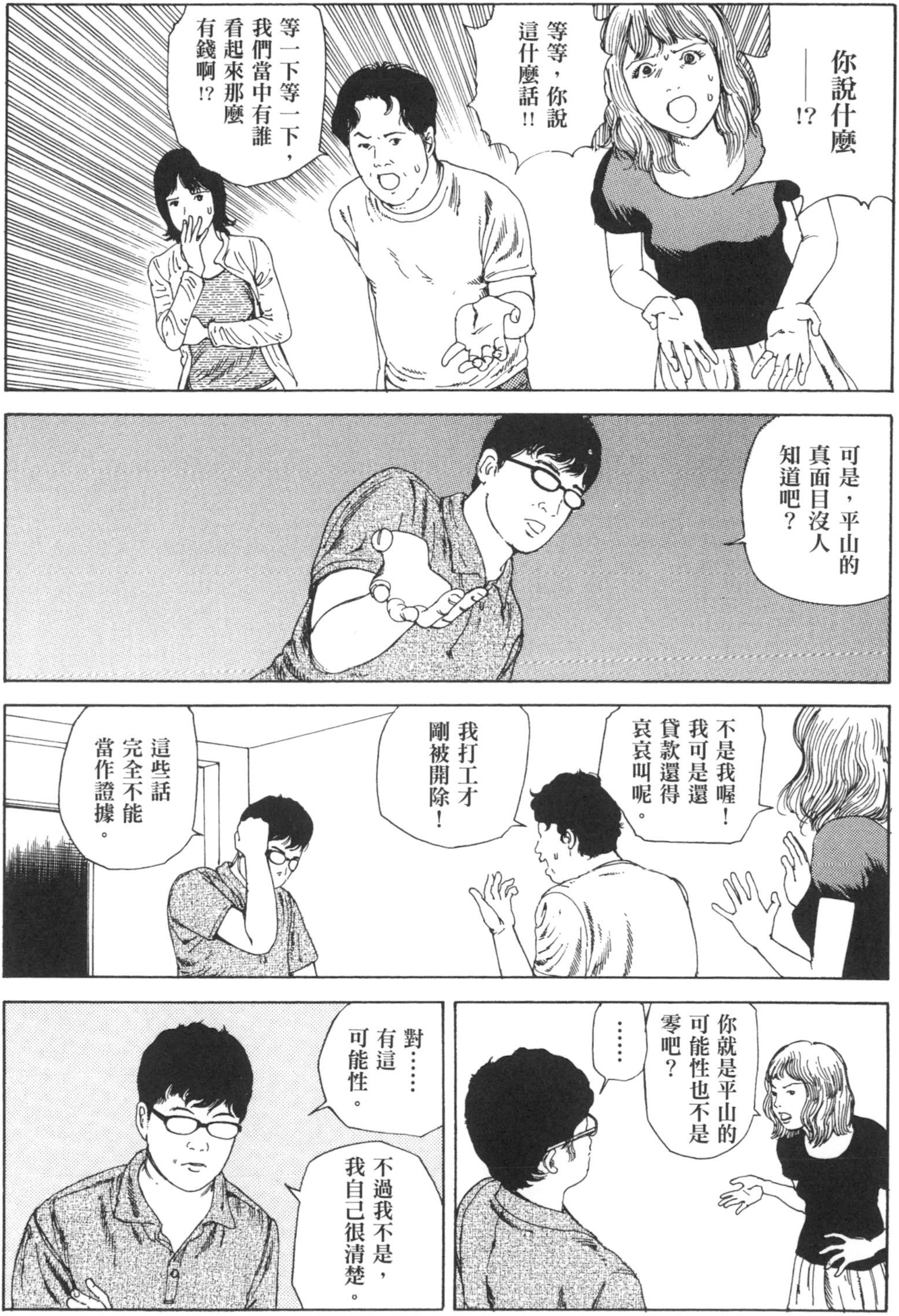
你說什麼——!?
等等，你說這什麼話!!
等一下等一下，我們當中有誰看起來那麼有錢啊!?
可是，平山的真面目沒人知道吧？
不是我喔！我可是還貸款還得哀哀叫呢。
我打工才剛被開除！
這些話完全不能當作證據。
你就是平山的可能性也不是零吧？
……
對……有這可能性。
不過我不是，我自己很清楚。

……
……
呼……費盡工夫搞出這些東西的人，根本不可能輕易現出真面目吧～
不管怎麼說，只要撐到最後就能領到獎金嘛！硬撐也要撐到底！
啊，妳要去哪？
回房間啦！

都到這個地步了，所有人待在一起比較好啦！
是啊……待在一起的話，平山搞不好會露出馬腳。
發生狀況時才能互相幫助。
還是說，妳就是平山呢？
別說蠢話啊！
反正我要回房間！
給我等等！
囉嗦死了！
（砰）
バタン
話說在前頭，我可不是平山喔。
我……我也不是。

像那樣擅自做出主張根本無憑無據，大家再冷靜一點思考吧。
話說回來，你們注意到了嗎？受邀請的六個當中，只有一個人反應不同。
誰、誰啊？
高寺小姐，妳每次都敏感地感應到靈體的存在是吧？
嗯。
我們什麼也沒發現的時候，只有高寺小姐會有所感應。
發現掉在布景內的人偶時，主張它是大野先生的也是妳。
也就是說，想讓我們內心極度動搖的人是妳！

……
怎麼會！
我真的只是把感覺說出來而已！
我不是平山。
請相信我！
（嘰嘰——）
ギギーーッ
我都聽到了……
呼……我從頭到尾就看這女人不順眼……
公司也有這種人。為了討好男人，裝膽小裝得超誇張……
哎，真想吐……
嗯？

（沙噗）
ザ
ズム
呃啊。
好啦，快放我出去。
呼……
呀啊——
呼……

（喀）
ガッ
（唰啦）
ザッ
快，還我自由！
喂，喂！
呃唔唔……

（啪沙）
咿……
ザズッ
啊啊啊啊啊啊！

喂。
……啊！
混帳，妳做了什麼！
不要，我什麼都不知道，我什麼都不知道！

這下真是……
到底該怎麼解釋呢……
而且這個人也帶著邀請函，還真細心啊。
MORPHOSIS
邀請函
靠電話搞不定，
只能直接去警局報案了。
請等一下！怎麼想都很奇怪啊！
只能說我們碰上了超乎人類智慧的事件，真相不明！

死者都帶著邀請函，
會不會是某人引誘過去把他們加以殺害呢？
真像推理小說……但也不是不可能呢。
到底會是誰把他們叫過去的？
咦？我哪會知道啊。
我……從剛剛開始就有一個可怕的想法。
？
什麼？
我們會不會也是「受邀者」呢？
你……
你在說啥啊？
我從剛剛就一～直很在意。
不知道是誰……用恐怖的視線盯著我們……

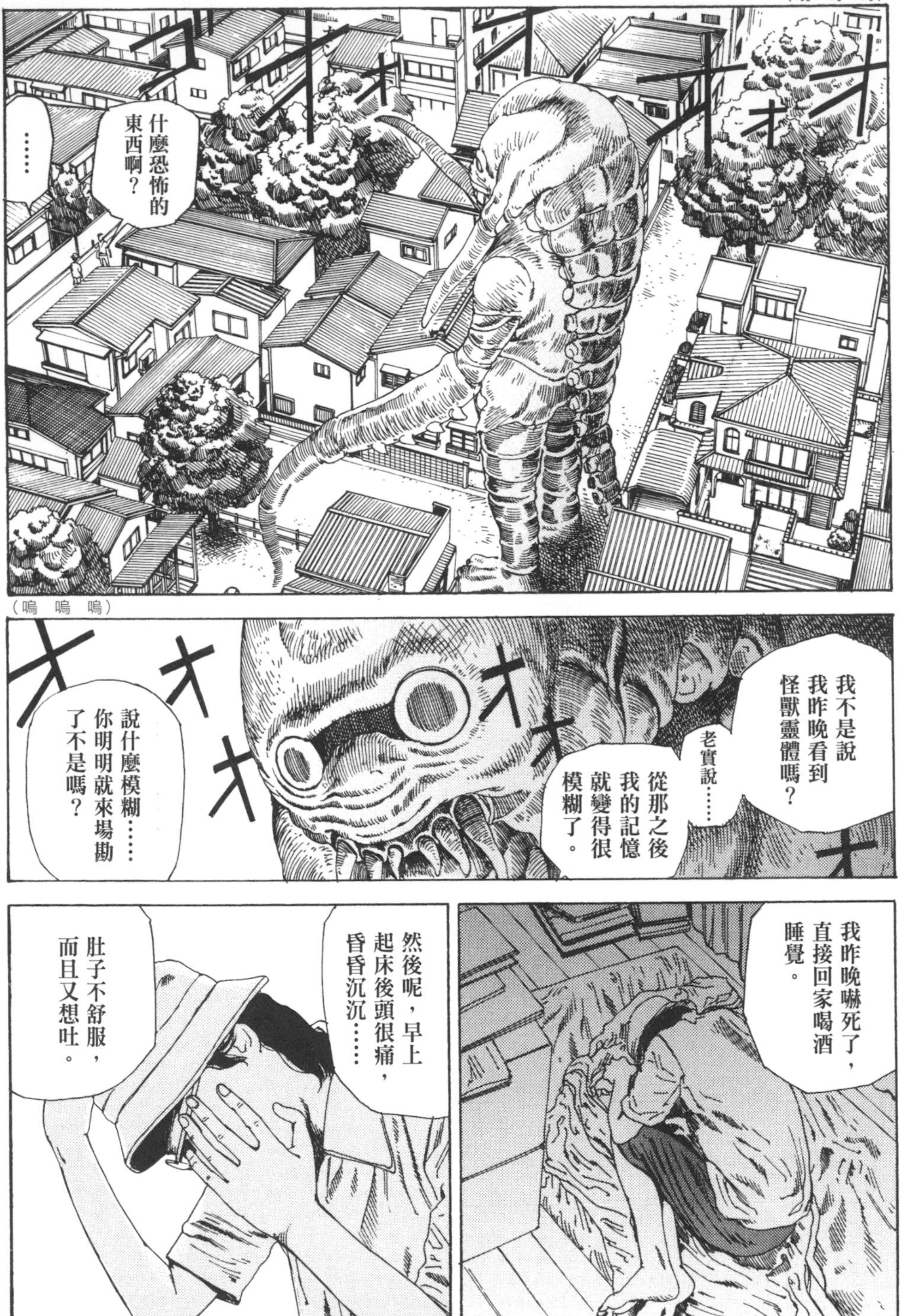

（吼 嗚 嗚）
什麼恐怖的東西啊？
……
（嗚 嗚 嗚）
我不是說我昨晚看到怪獸靈體嗎？
老實說……
從那之後我的記憶就變得很模糊了。
說什麼模糊……你明明就來場勘了不是嗎？
我昨晚嚇死了，直接回家喝酒睡覺。
然後呢，早上起床後頭很痛，昏昏沉沉……
肚子不舒服，而且又想吐。

來這裡的途中也很恍惚，其實已經不太記得我是搭電車……還是搭巴士、騎腳踏車或走路來的了。
然後，稍早開始跟導演走著走著，我漸漸不安了起來……
我會不會是在那時候就被縮小身體了呢？
這座城鎮會不會是微縮模型呢？
請導演也好好回想一下！
說什麼鬼話……
我昨晚一直在改劇本啦！
改著改著就睡著了……
哎唷，早上了!?不妙，今天要場勘呢。
我直奔車站，跳上電車……
唔～頭好痛。

出票口時，你已經在那裡等我了。
啥？你在說什麼？
晚到的人是我才對吧，導演你氣炸了。
咦？是、是那樣嗎？
你是不是熱昏頭了啊？
你離開家門後，真的搭了電車嗎？
會不會是跟前天、大前天的記憶搞混了？
……
我從剛剛就很在意一件事。
？
你那個口袋裡面……

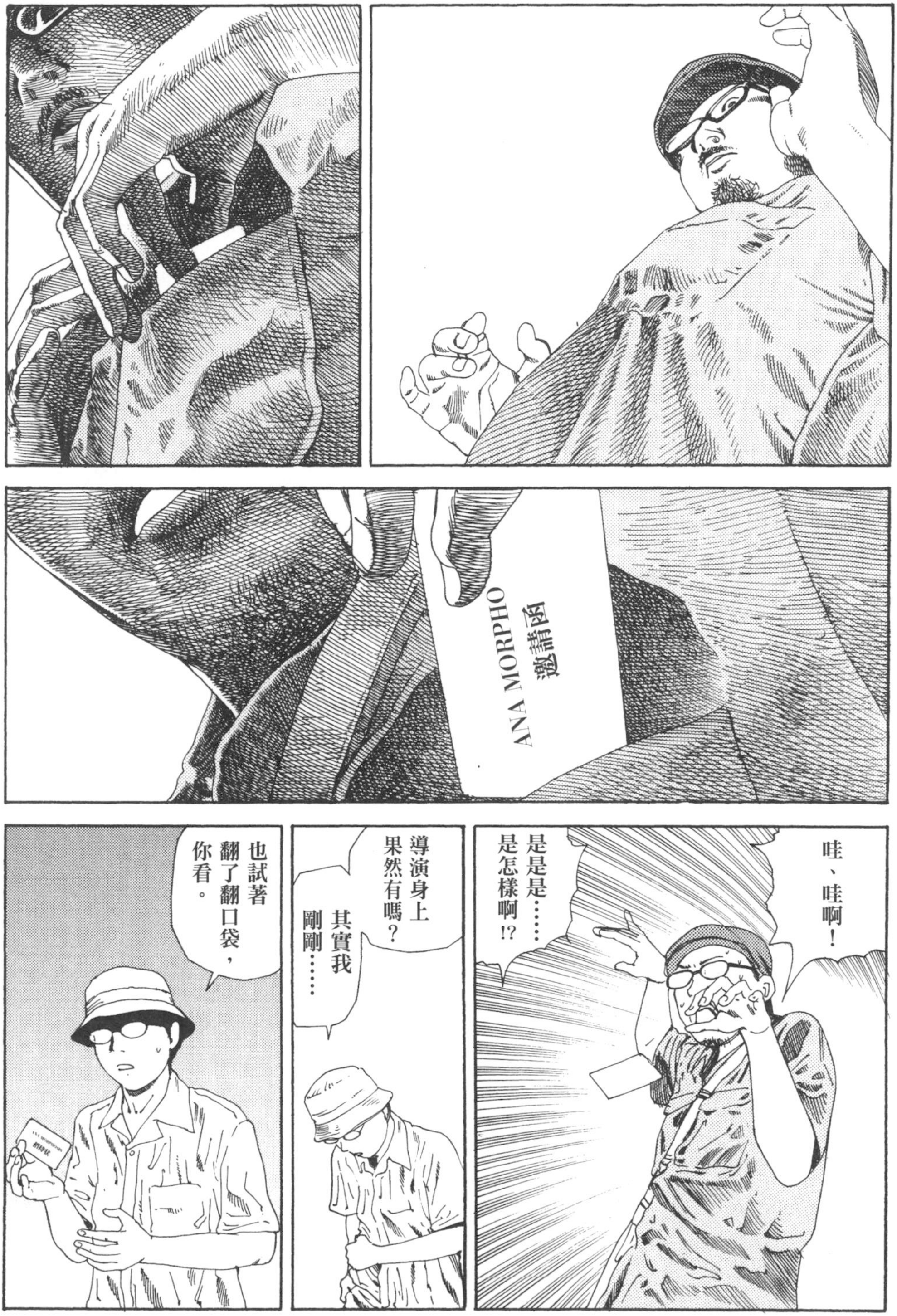
ANA MORPHO
邀請函
哇、哇啊！
是是是……是怎樣啊!?
導演身上果然有嗎？
其實我剛剛……
也試著翻了翻口袋，你看。

邀邀邀
邀請……
到到到底
是誰邀的
啊！
當然是
死去的藝人
青田。
死在怪獸皮套
戲服中的青田，
在誤以為自己變成
怪獸的情況下
化為了靈體，
將我們關進
微縮模型城鎮中，
打算玩弄我們一番
再殺了我們！
為、為什麼
要那樣做……
對方的心情
也許就像小孩子
把螞蟻放進沙做的
迷宮裡，笑著看
牠迷路那樣吧。
或者是
因為
怨恨。
被人害
到慘死的
強烈怨恨
……

哈！一下子微縮模型城鎮，一下子怪獸，什麼嘛。
我得修改劇本了，我要回去囉！
這是什麼？

啊，果然沒錯。
這座城鎮是微縮模型！
嚇！
是誰！
（轟）
怎麼了！
那裡！
有怪獸!!
哪裡啊!?
啊，啊，那裡！
（吼嗚嗚）

它要來了!!
哇啊啊啊！
（啪沙）
啊啊啊，饒了我啊——
是我不好啦——
咦？
你說什麼？

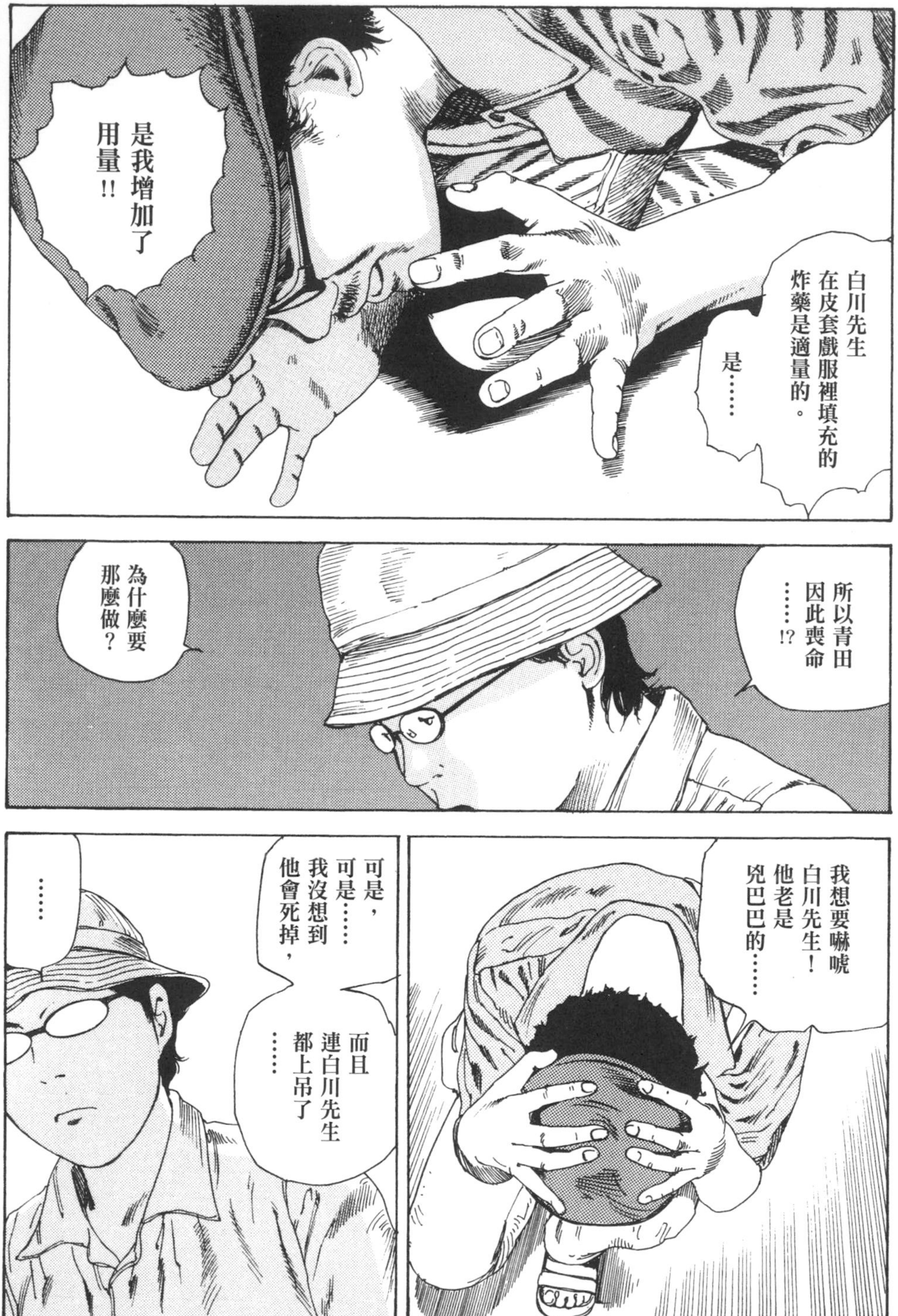
白川先生在皮套戲服裡填充的炸藥是適量的。
是……
是我增加了用量!!
所以青田因此喪命……!?
為什麼要那麼做？
我想要嚇唬白川先生！他老是兇巴巴的……
可是，可是……我沒想到他會死掉，
而且連白川先生都上吊了……
……

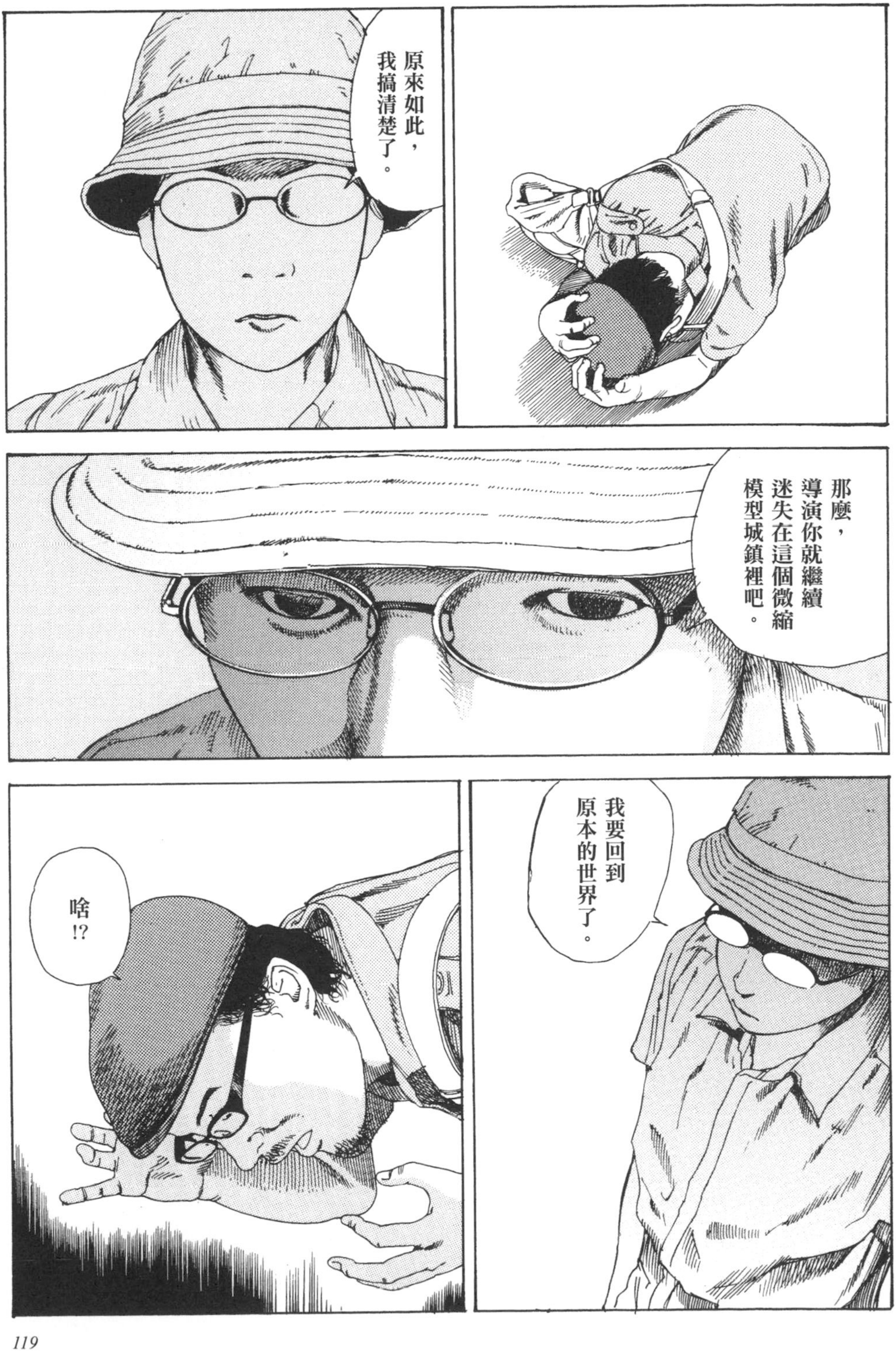
原來如此，
我搞清楚了。
那麼，
導演你就繼續
迷失在這個微縮
模型城鎮裡吧。
我要回到
原本的世界了。
啥
!?

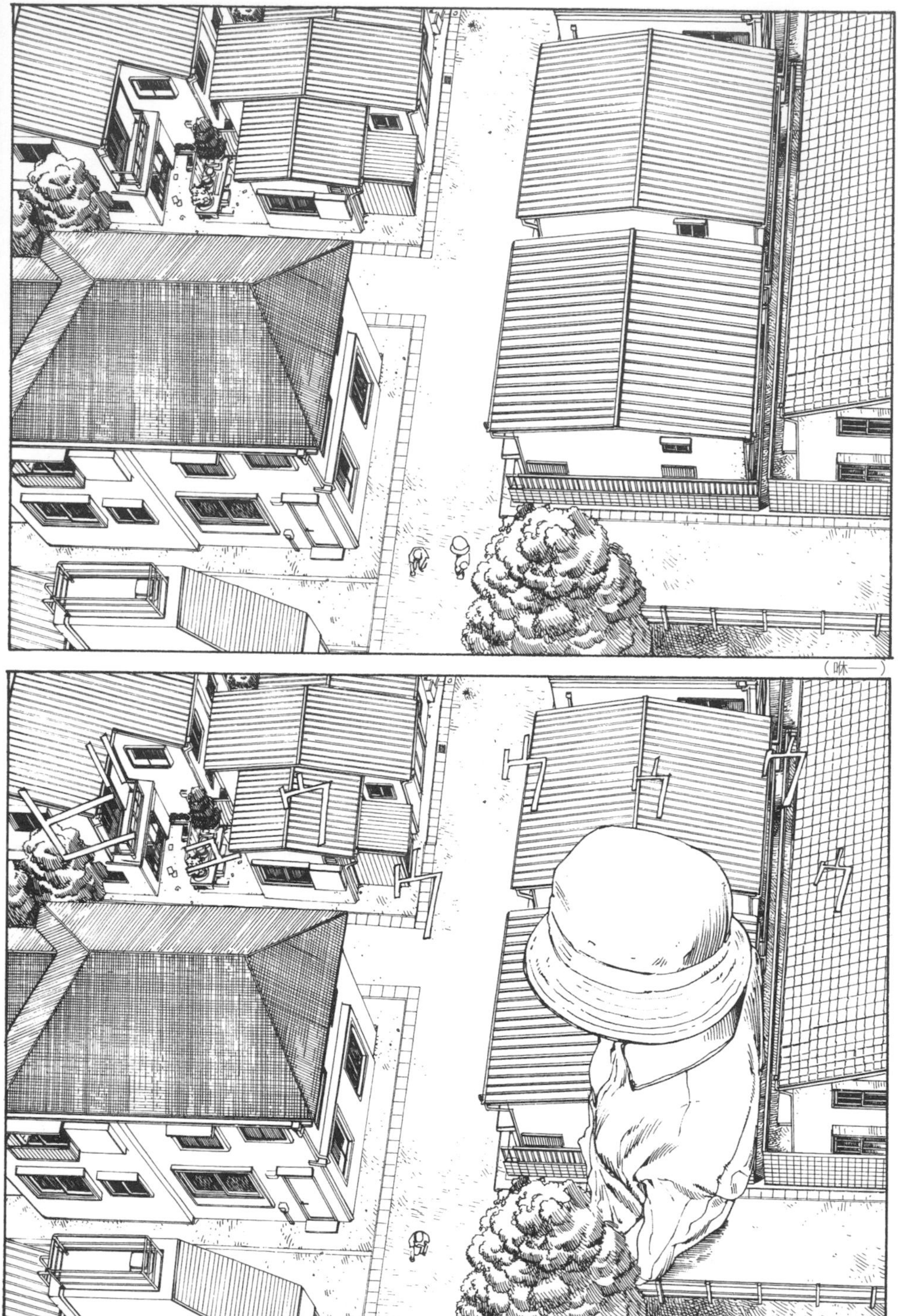
（咻——）

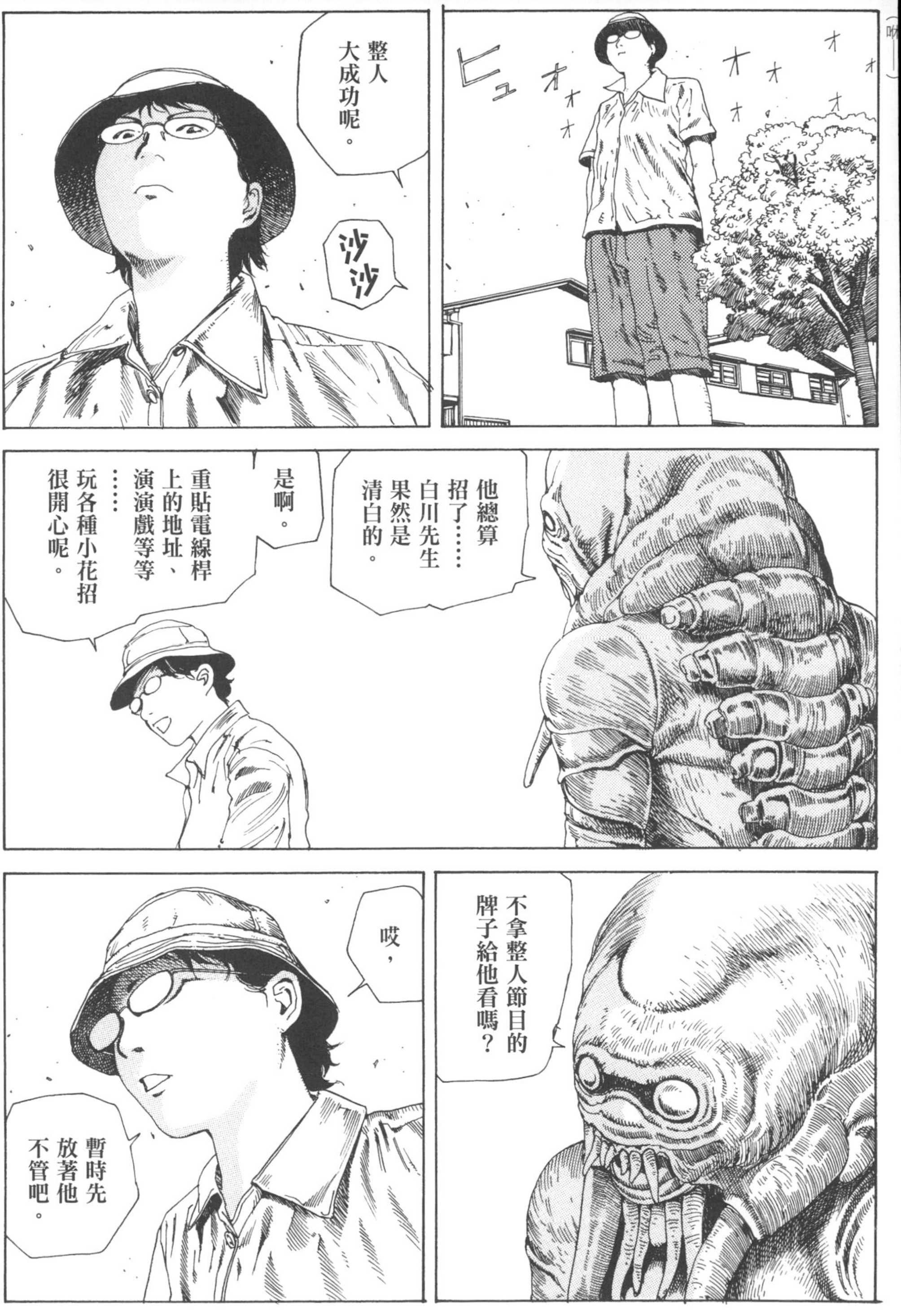
ヒュオォォ
整人大成功呢。
沙沙
他總算招了……白川先生果然是清白的。
是啊。
重貼電線桿上的地址、演演戲等等……玩各種小花招很開心呢。
不拿整人節目的牌子給他看嗎？
哎，
暫時先放著他不管吧。

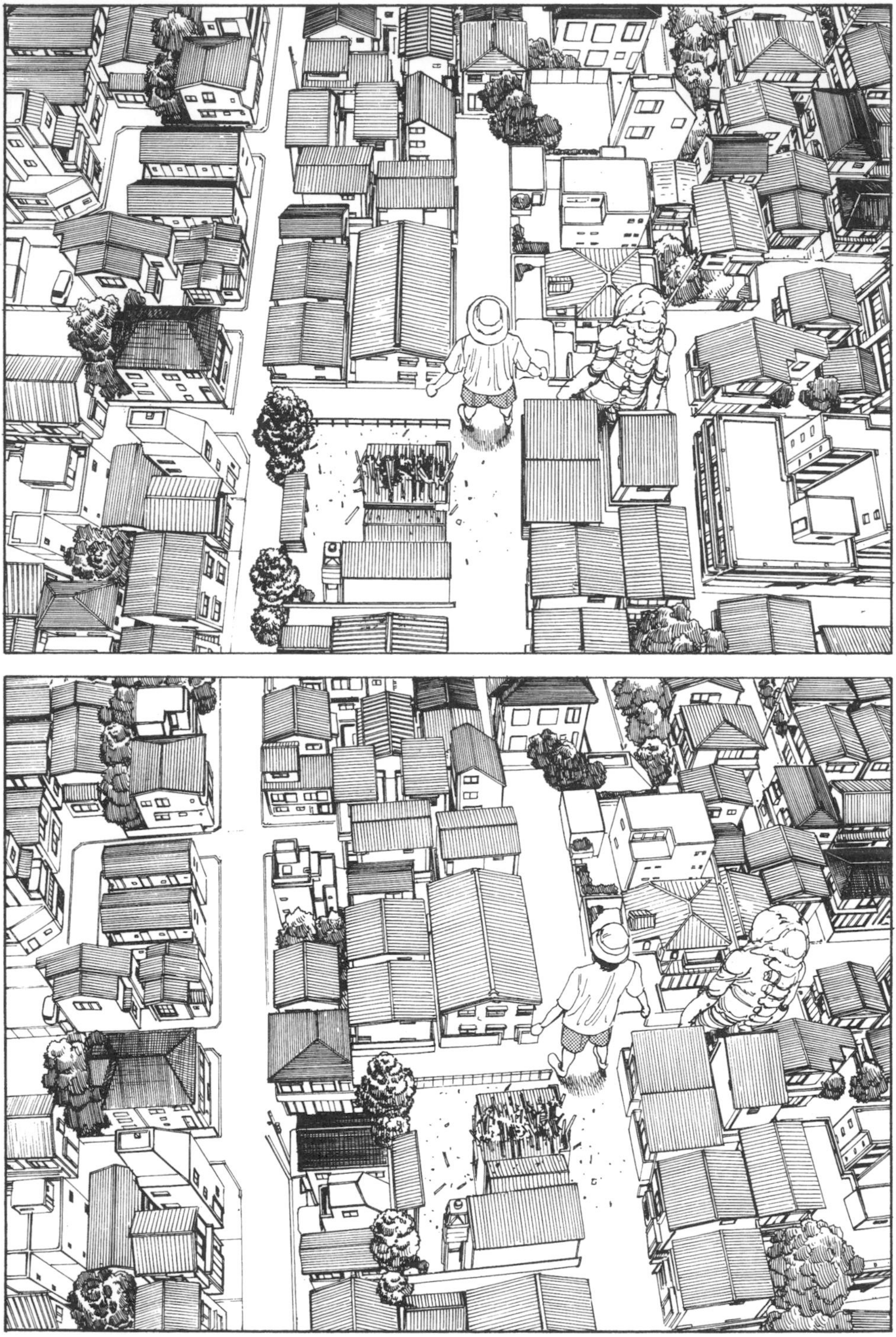

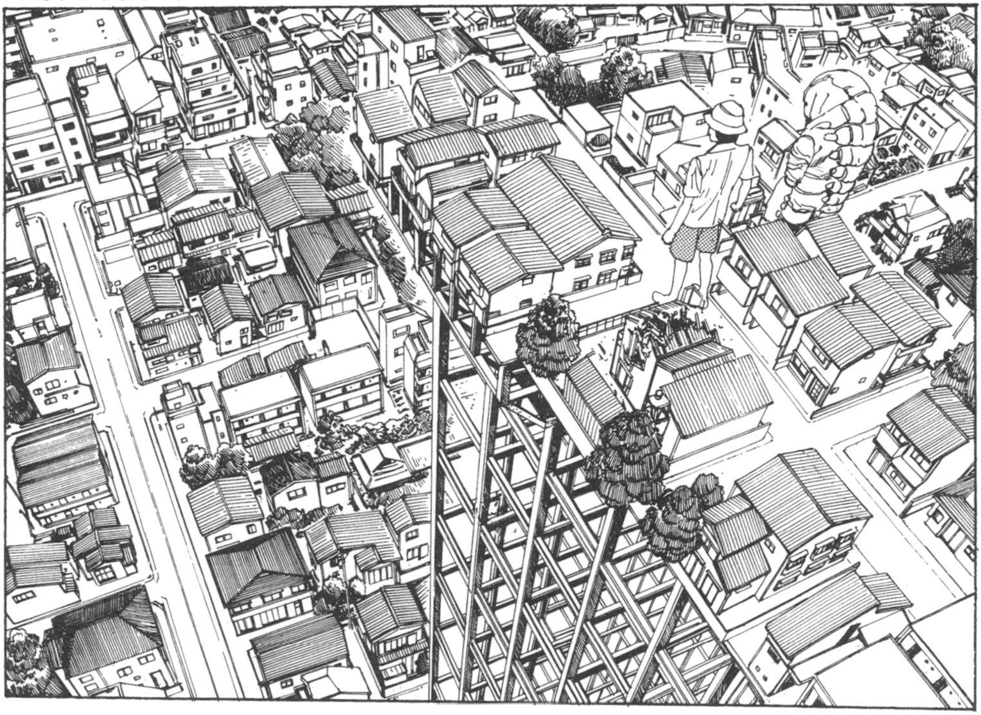

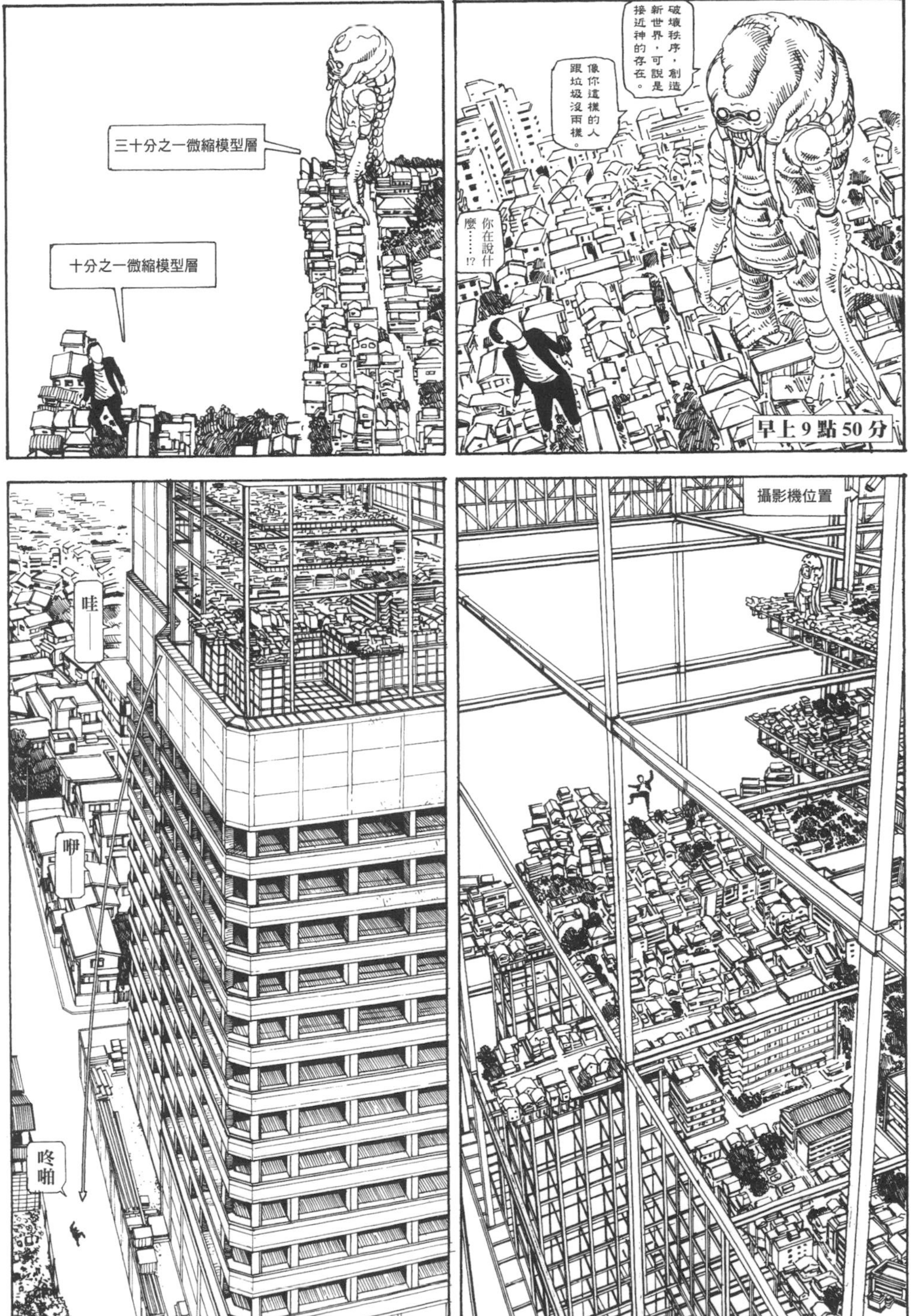
三十分之一微縮模型層
十分之一微縮模型層
破壞秩序，創造新世界，可說是接近神的存在。
像你這樣的人跟垃圾沒兩樣。
你在說什麼……!?
早上9點50分
哇——
咿——
咚啪
攝影機位置

咚啪
隆隆
哇，不妙，快逃。
隆隆
咚啪
（吼嗚嗚）
ゴオオオ
早上10點30分
（嗚嗚嗚）
攝影機位置
攝影方向
小心！我感覺到它的氣了!!
オオオオォォ

(咻——)

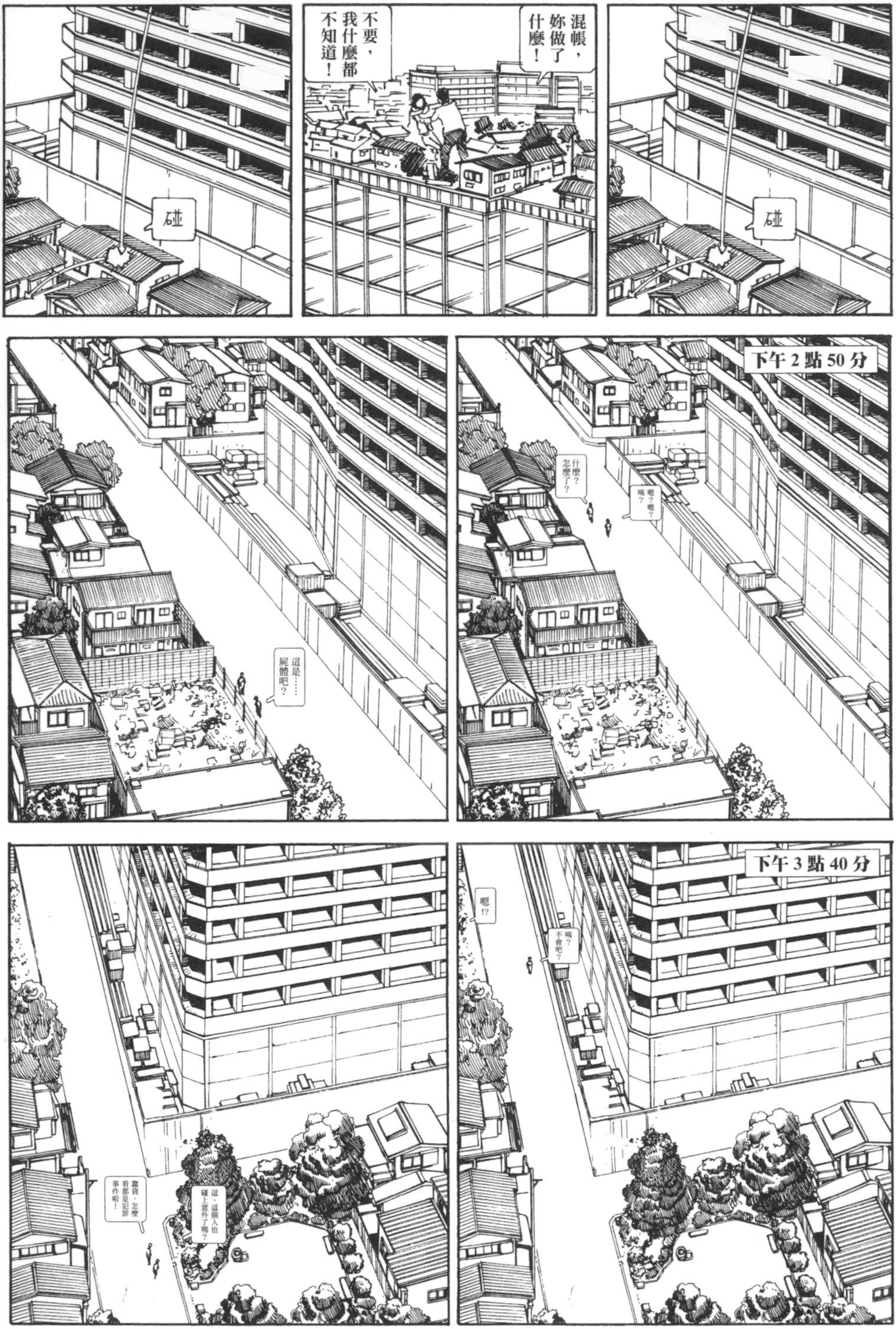
碰
混帳，妳做了什麼！
不要，我什麼都不知道！
碰
下午2點50分
什麼？怎麼了？
嗯？嗯？噢？
這是……屍體吧？
下午3點40分
嗯!?
噢？不會吧？
這、這個人也碰上意外了嗎？
蠢貨，怎麼看都是犯罪事件啦！

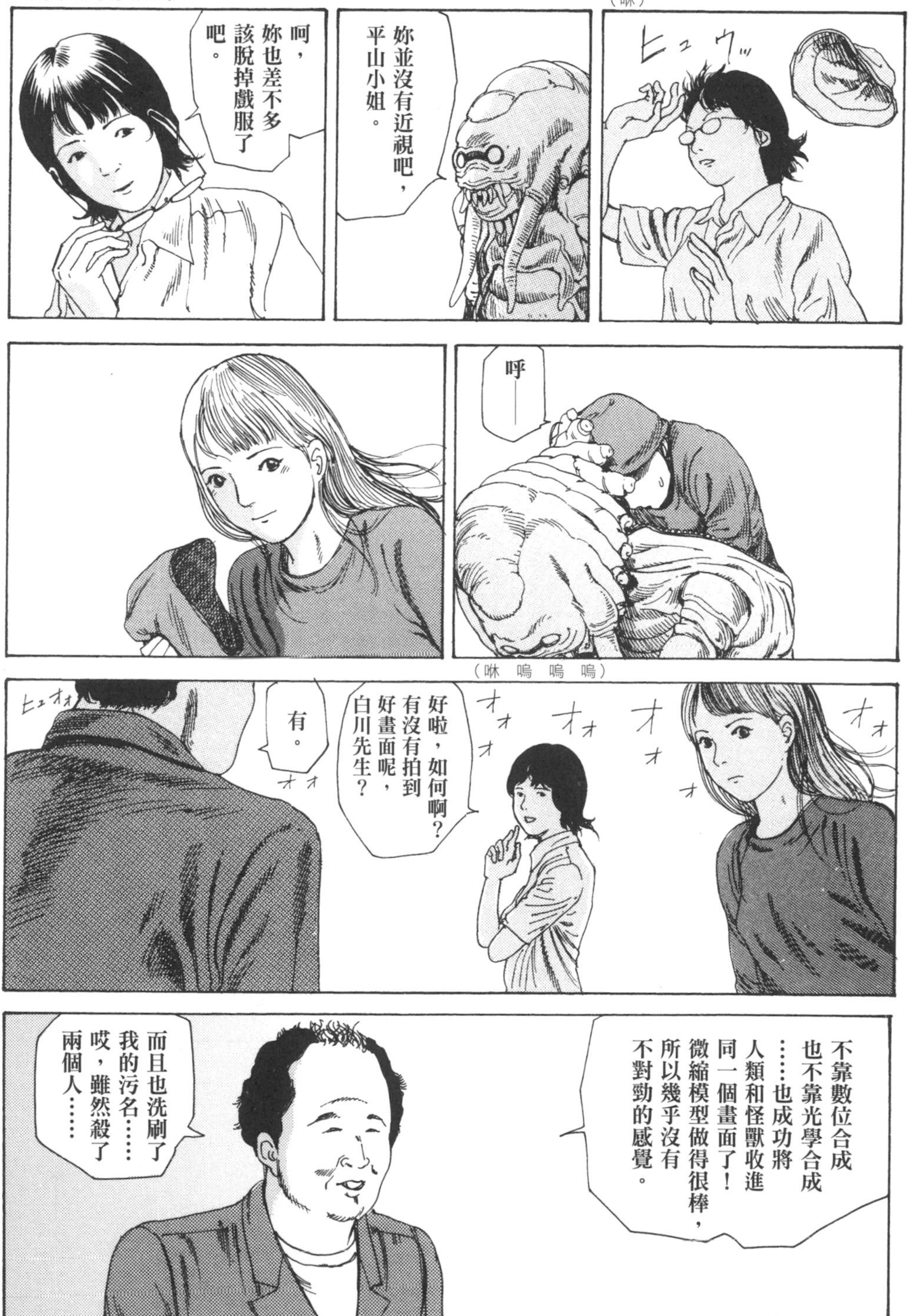
（咻）
ヒュウッ
妳並沒有近視吧，平山小姐。
呵，妳也差不多該脫掉戲服了吧。
呼——
（咻嗚嗚嗚）
オォ
好啦，如何啊？有沒有拍到好畫面呢，白川先生？
有。
ヒュオォ
不靠數位合成也不靠光學合成……也成功將人類和怪獸收進同一個畫面了！微縮模型做得很棒，所以幾乎沒有不對勁的感覺。
而且也洗刷了我的污名……哎，雖然殺了兩個人……

女主播佛田，特攝導演白川嗎……原來如此。
妳果然就是平山啊……
哎呀，你還活著啊，還真會撐呢。
你的推理說對了40%左右喔。正確地說，我是平山的女兒。
遭殺害的是平山本人，如假包換。
他原本就生了一場病，再活也沒多久了，所以就請他擔任屍體的角色，在故事中加入懸疑的要素。沒料到他們會搞那麼大就是了。
平山的施虐癖是我們硬扯進來的。我們其實是在拍片喔，拍的是進化版的兇殺紀實電影，收錄真實死亡場面的科幻懸疑巨作！
不含演技的真實人類面貌，還有死狀！世界各地的人都有觀賞需求呢。上次以腰斬魔事件拍成的電影獲得了好評，這次我們會再下一城。
上集是「歪像之宴」，聚集到降靈會的六個人遭到怪獸之靈襲擊。
下集是「歪像傀儡」，描寫一個男人困在微縮模型世界的恐怖。而且我在兩部作品中都擔任配角！

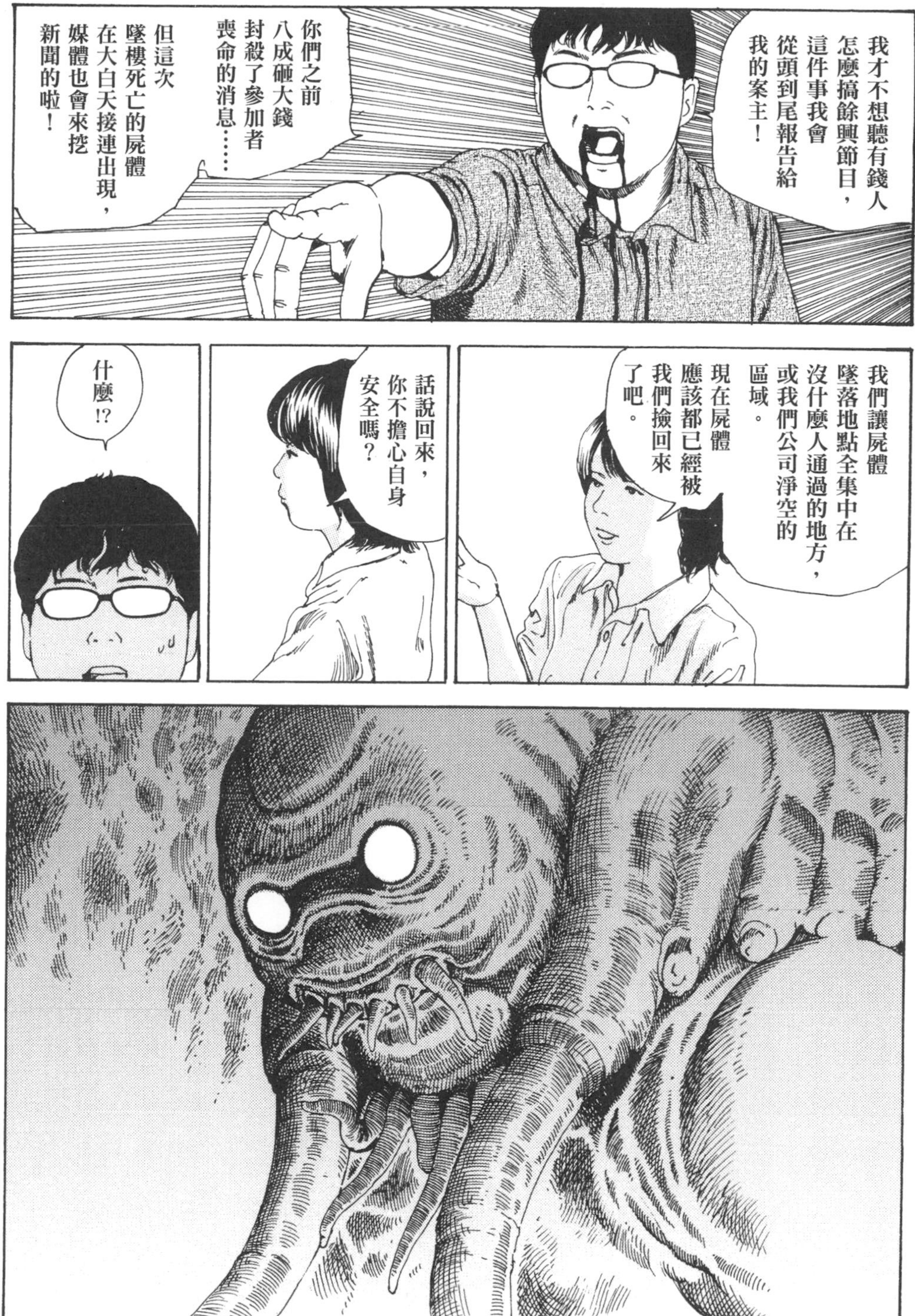
我才不想聽有錢人怎麼搞餘興節目，這件事我會從頭到尾報告給我的案主！
你們之前八成砸大錢封殺了參加者喪命的消息……
但這次墜樓死亡的屍體在大白天接連出現，媒體也會來挖新聞的啦！
我們讓屍體墜落地點全集中在沒什麼人通過的地方，或我們公司淨空的區域。
現在屍體應該都已經被我們撿回來了吧。
話說回來，你不擔心自身安全嗎？
什麼!?

喬治．梅里愛半偶然地發現了將 A 物體瞬間置換成 B 物體的特效，並應用在自己的魔術電影上。
利用它就有辦法製造物體突然從眼前消失的詭計。
（用催眠瓦斯瞬間弄昏觀察者，趁這段時間將對方的觀察對象移動到別的地方之類的。嗯，或單純只是下墜到一半突然消失。）

魔術當中有個技巧叫迫牌。
這招製造出的效果是：觀眾看起來像按照自己的意思選牌，但其實選的是魔術師要你選的牌。
利用它，魔術師就能使接招者移動到他想要的地方，儘管表面上看起來像隨機移動到某城鎮。

「過去的回想」與「證人的回想」是不一樣的。
過去的回想若有虛假成分，有可能會被認定為違反規則，但證人的回想若有造假意圖，那麼「回想戲」的可信度立刻就會瓦解。

熟練的扒手輕而易舉就能摸走別人懷中的錢包，同樣地，他也可以神不知鬼不覺地塞錢包給別人。
被人一把揪住胸口衣服時，也許是動手的好機會。

「意圖○○」這個說法並沒有包含對○○行為的對錯評判。叢林深處即使倒了一棵樹，沒有觀察者在場就沒有人會察覺此事實。
墜落的屍體也一樣。當詭計策畫者是一個大富翁時，他要多少機械式、物理性的機關就有多少，再怎麼說明都只有被吐槽的下場等著你，「那是有錢人提供的舞台，什麼都辦得到吧。」愛裝多少祕密暗門隨他開心。

美少女偵探
天外沙霧

Bishoujo Tantei
Tengai Sagiri

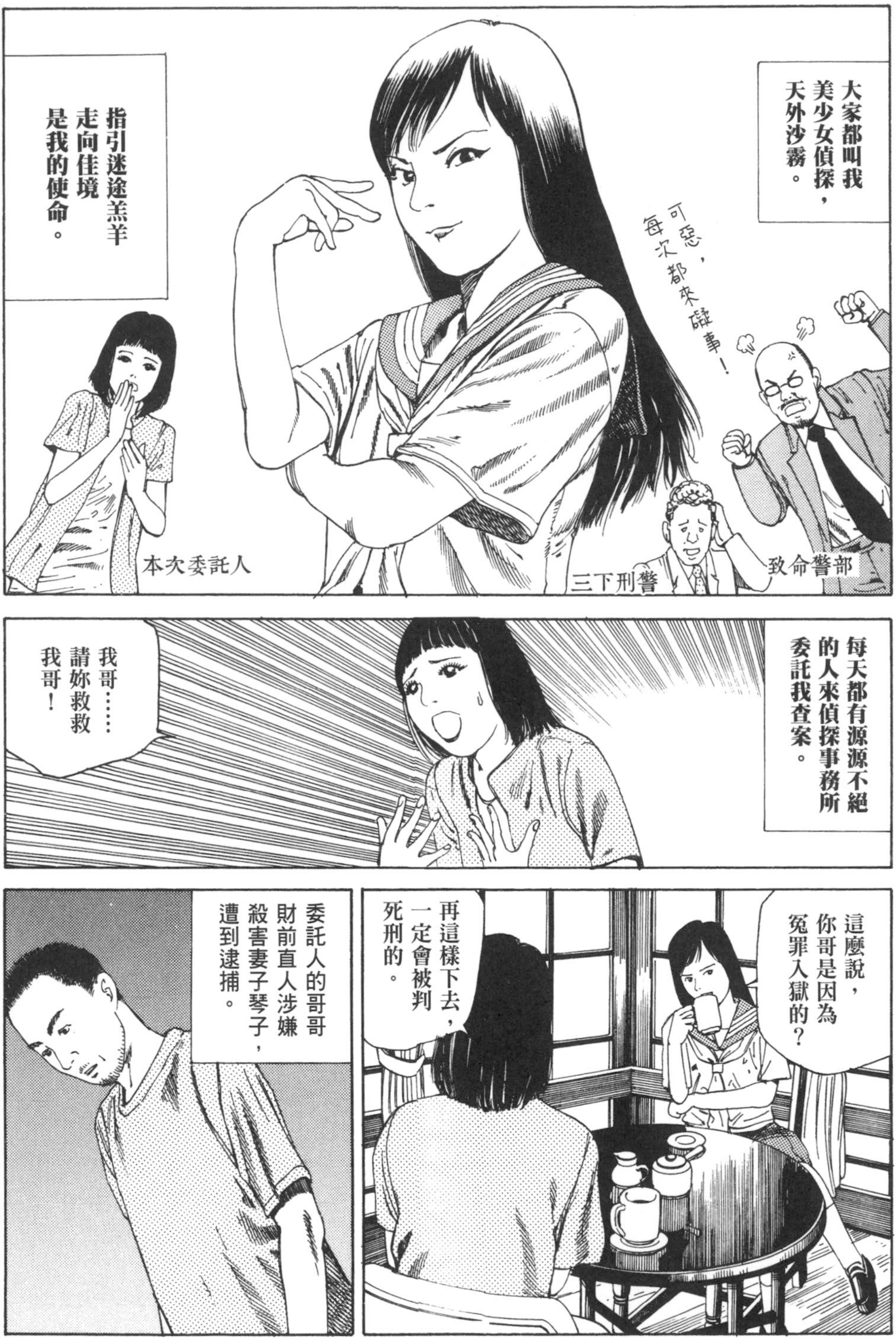
大家都叫我美少女偵探，天外沙霧。
可惡，每次都來礙事！
指引迷途羔羊走向佳境是我的使命。
致命警部
三下刑警
本次委託人
每天都有源源不絕的人來偵探事務所委託我查案。
我哥……請妳救救我哥！
這麼說，你哥是因為冤罪入獄的？
再這樣下去，一定會被判死刑的。
委託人的哥哥財前直人涉嫌殺害妻子琴子，遭到逮捕。

死去的琴子全身纏滿一圈圈電線，而且有釘子、螺絲、螺絲起子等好幾樣木工工具插在她的頭部與胸部上。
人是你殺的吧？
不是的！
是凶器自己飛向她!!
根據他的證詞，兩個人有SM方面的嗜好。
案發當晚，直人綑綁琴子，和她愛愛。
呵呵呵，我要讓妳吃這個。
啊啊，
我要去了
（噗嘶）
（噗嘶）
（噗）

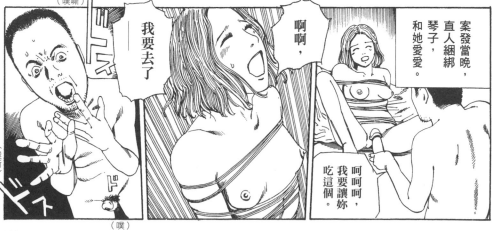

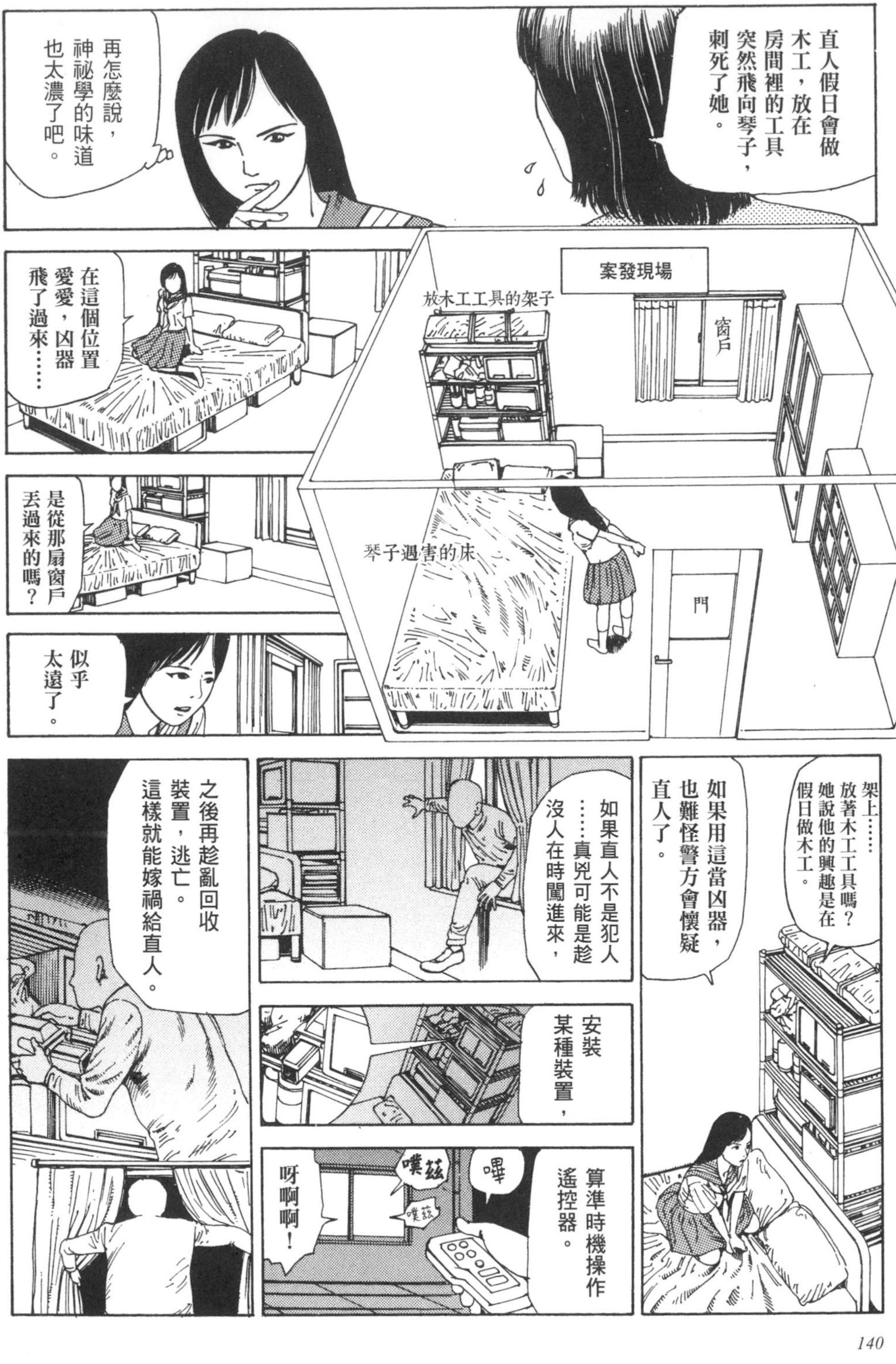
直人假日會做木工，放在房間裡的工具突然飛向琴子，刺死了她。
再怎麼說，神祕學的味道也太濃了吧。
案發現場
放木工工具的架子
窗戶
琴子遇害的床
門
在這個位置愛愛，凶器飛了過來……
是從那扇窗戶丟過來的嗎？
似乎太遠了。
架上……放著木工工具嗎？她說他的興趣是在假日做木工。
如果用這當凶器，也難怪警方會懷疑直人了。
如果直人不是犯人……真兇可能是趁沒人在時闖進來，
安裝某種裝置，
算準時機操作遙控器。
嗶
噗茲
噗茲
呀啊啊！
之後再趁亂回收裝置，逃亡。這樣就能嫁禍給直人。

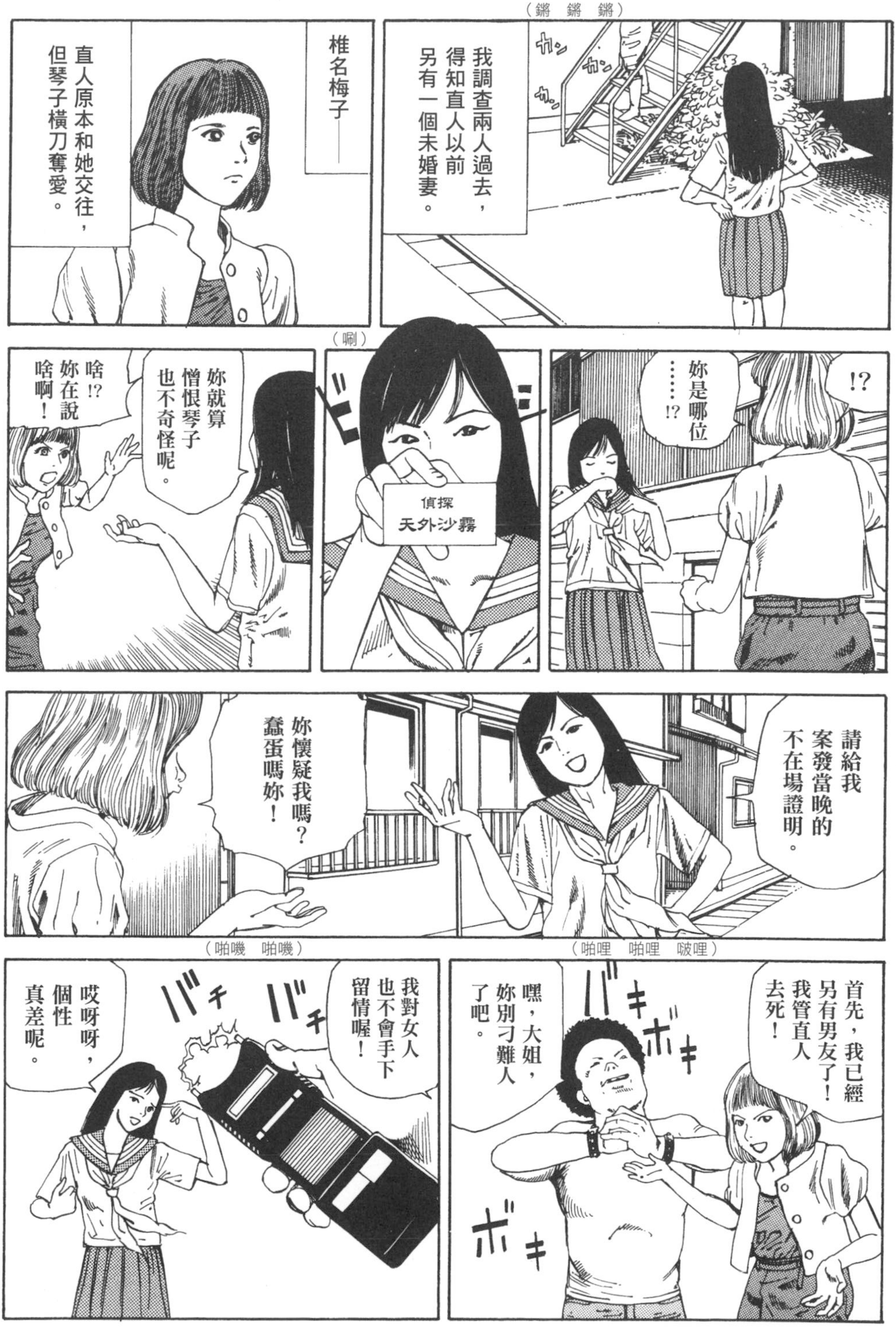
（鏘　鏘　鏘）
我調查兩人過去，得知直人以前另有一個未婚妻。
椎名梅子——
直人原本和她交往，但琴子橫刀奪愛。
!?
妳是哪位……!?
（唰）
偵探
天外沙霧
妳就算憎恨琴子也不奇怪呢。
啥!? 妳在說啥啊！
請給我案發當晚的不在場證明。
妳懷疑我嗎？蠢蛋嗎妳！
（啪哩　啪哩　啵哩）
首先，我已經另有男友了！我管直人去死！
嘿，大姐，妳別刁難人了吧。
バキ
ボキ
ボキ
（啪嘰　啪嘰）
バチ
バチ
我對女人也不會手下留情喔！
哎呀呀，個性真差呢。

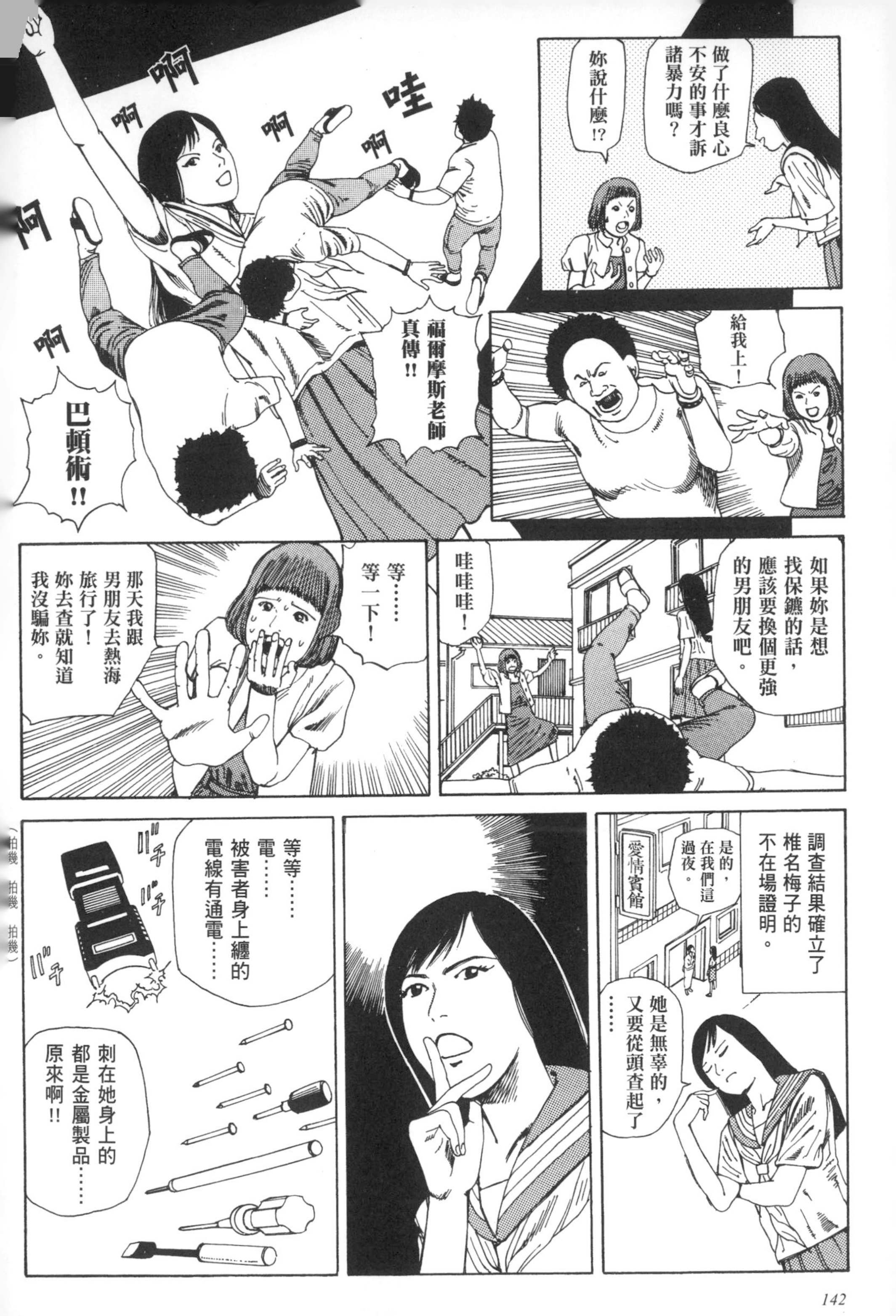
做了什麼良心不安的事才訴諸暴力嗎？
妳說什麼!?
給我上！
哇
啊
啊
啊
啊
啊
啊
福爾摩斯老師真傳!!
巴頓術!!
如果妳是想找保鑣的話，應該要換個更強的男朋友吧。
哇哇哇！
等……等一下！
那天我跟男朋友去熱海旅行了！妳去查就知道我沒騙妳。
調查結果確立了椎名梅子的不在場證明。
愛情賓館
是的，在我們這過夜。
她是無辜的，又要從頭查起了……
等等……電……被害者身上纏的電線有通電……
（拍幾 拍幾 拍幾）
刺在她身上的都是金屬製品……原來啊!!

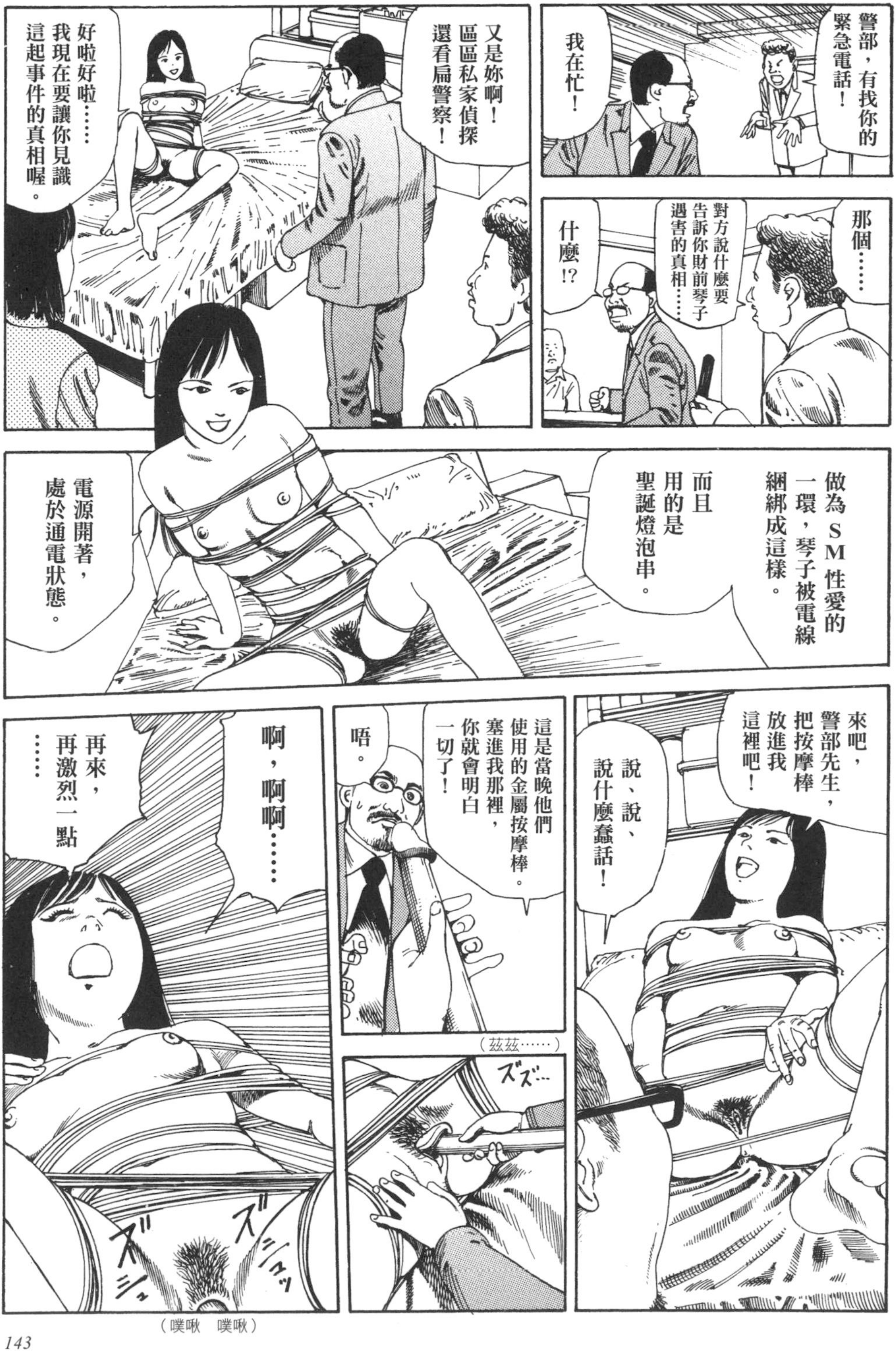
警部，有找你的緊急電話！
我在忙！
又是妳啊！區區私家偵探還看扁警察！
好啦好啦……我現在要讓你見識這起事件的真相喔。
那個……
對方說什麼要告訴你財前琴子遇害的真相……
什麼!?
做為SM性愛的一環，琴子被電線綑綁成這樣。
而且用的是聖誕燈泡串。
電源開著，處於通電狀態。
來吧，警部先生，把按摩棒放進我這裡吧！
說、說、說什麼蠢話！
這是當晚他們使用的金屬按摩棒。塞進我那裡，你就會明白一切了！
唔。
（茲茲……）
ズズ…
啊，啊啊……
再來，再激烈一點……
（噗啾　噗啾）

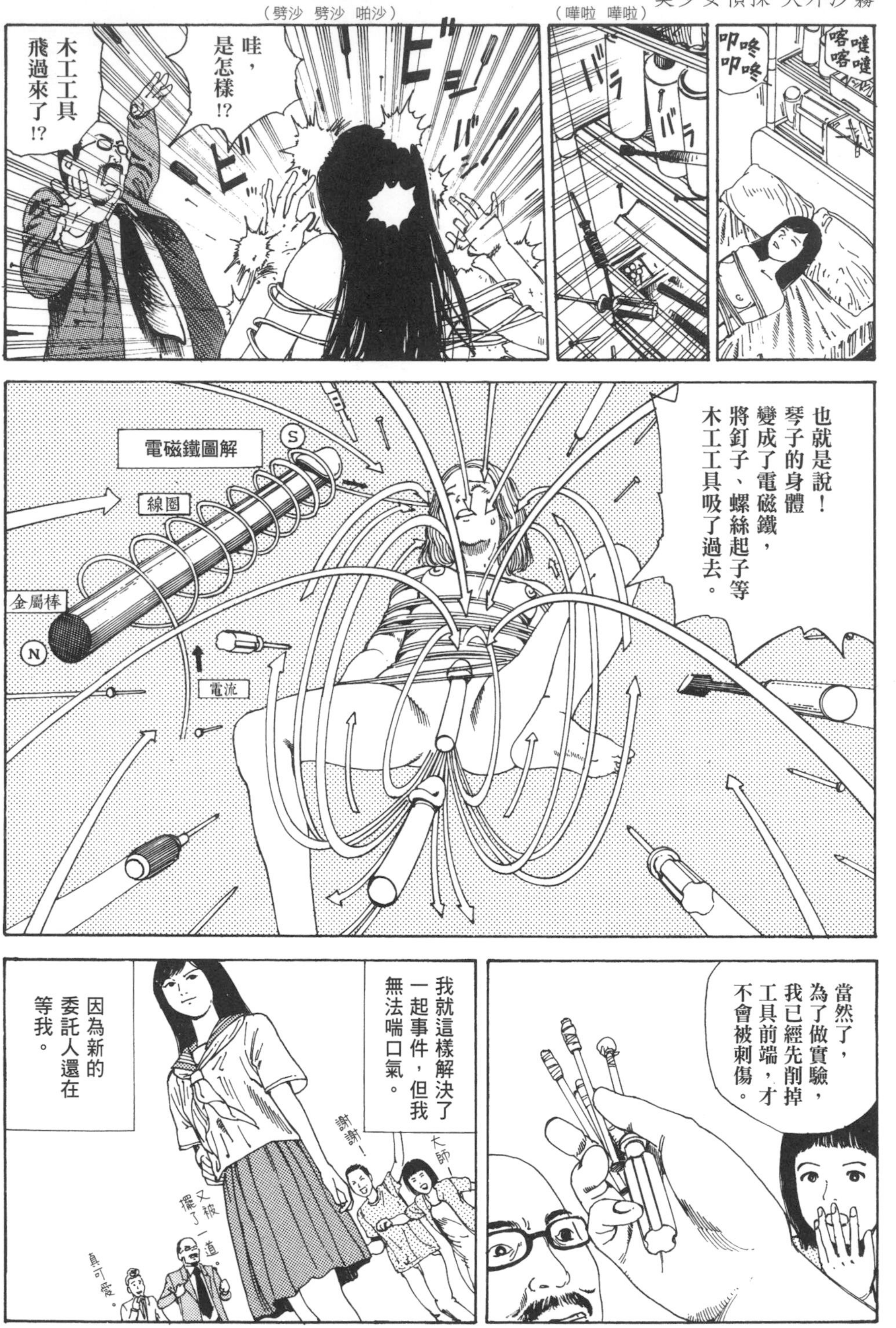
喀嗤喀嗤
叩咚叩咚
（嘩啦 嘩啦）
（劈沙 劈沙 啪沙）
哇，是怎樣!?
木工工具飛過來了!?
也就是說！琴子的身體變成了電磁鐵，將釘子、螺絲起子等木工工具吸了過去。
電磁鐵圖解
S
線圈
金屬棒
N
電流
當然了，為了做實驗，我已經先削掉工具前端，才不會被刺傷。
我就這樣解決了一起事件，但我無法喘口氣。
因為新的委託人還在等我。
謝謝！
大師—
又被擺了一道。
真可愛。

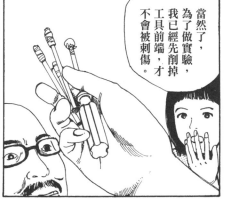

雨女

Rainy Girl

我是雨女。
跟全家人去旅行，
參加學校遠足都會下雨。
妳來就會下雨！
所以明天待在家啦！
每次學校有活動時，我就會窩在家裡。

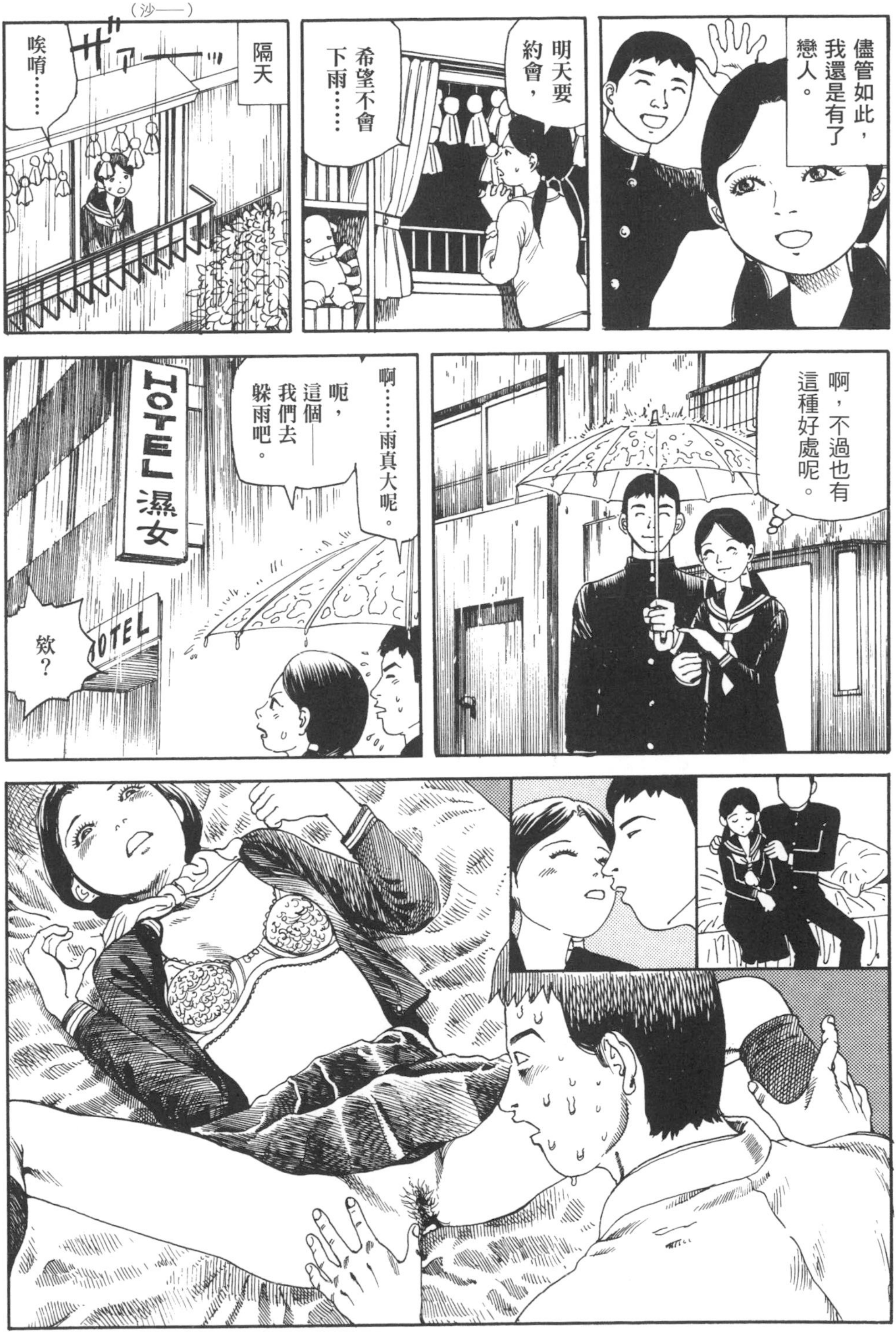
儘管如此，我還是有了戀人。
明天要約會，
希望不會下雨……
（沙——）
ザァーーッ
隔天
唉唷……
啊，不過也有這種好處呢。
啊……雨真大呢。
呃，這個——我們去躲雨吧。
HOTEL 濕女
欸？

要、要放進去囉……
嗯……
滴
滴
滴
漏雨!? 真是敗給它了……
我果然是個雨女!!
咦?等等……
(沙沙)
熄
呀!
哇!
大
(沙——)
ザァーーッ
熄
我只會害別人不幸……根本沒有活在世上的價值……
ザザーン
(嘩啦)

喔，什麼啊，跳海自殺的人啊。
呵呵呵，賺到了，賺到了。
カチャカチャ
（卡恰卡恰）
ザァーーッ
（沙——）
你……
你要幹啥!!
唉唷喂。
等等，妳是雨女吧？我一直在找妳這樣的人。
欸!?
我是做這個的。
氣象廳
特殊研究所所長
雲田晴夫

有件事想請妳幫忙。
什麼事？
在那之前，我先介紹一個男人吧。
（卡恰）
打擾了。
滴
滴
滴
滴
滴
滴
滴
滴
你、你是雨男!?
沒錯！他一直在找妳這種雨女。
我們來加深兩人之間的感情吧！
呀啊!!

我一再被雨男侵犯，
最後終於……
喔，成功了嗎！
我現在告訴妳，我的目的就是……
打造出終極的超級雨人!!
妳懷的孩子是繼承了雨男、雨女DNA的超級雨童!!
ザァー
（沙—）

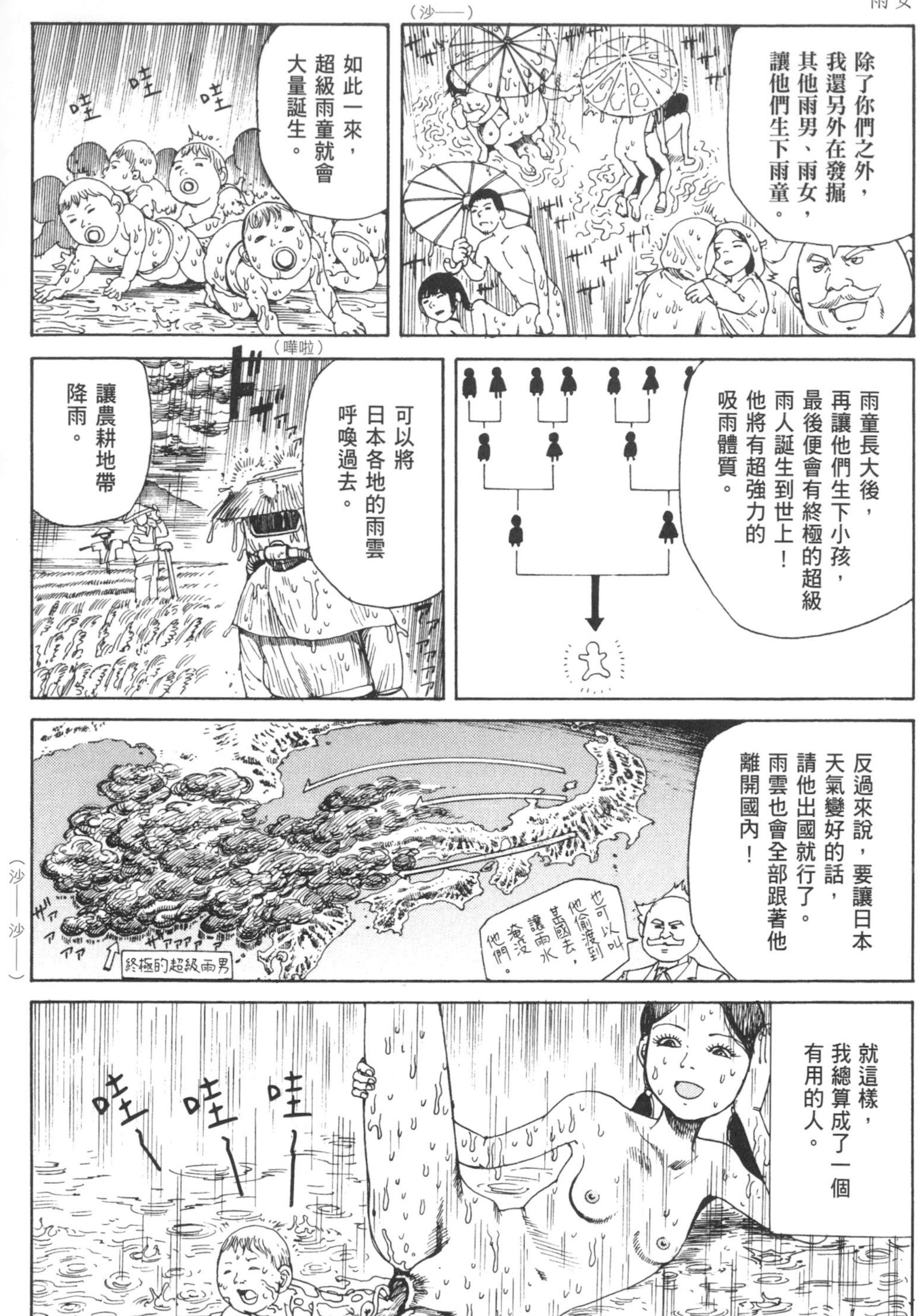
（沙——）
除了你們之外，我還另外在發掘其他雨男、雨女，讓他們生下雨童。
如此一來，超級雨童就會大量誕生。
哇 哇 哇
雨童長大後，再讓他們生下小孩，最後便會有終極的超級雨人誕生到世上！他將有超強力的吸雨體質。
（嘩啦）
可以將日本各地的雨雲呼喚過去。
讓農耕地帶降雨。
反過來說，要讓日本天氣變好的話，請他出國就行了。雨雲也會全部跟著他離開國內！
也可以叫他偷渡到某國去，讓雨水淹沒他們。
終極的超級雨男
（沙——沙——）
就這樣，我總算成了一個有用的人。
哇～ 哇～ 哇～

分送

Small Present

欸～實加～可以吧～？
唔～好冷～
叩叩叩込山小姐在嗎？
咿！
要戴套喔。
啥？麻煩死了。
才剛回來耶！
我又做太多了。
不介意的話拿去吃吧——
啊，老是麻煩您。
又是隔壁的阿姨喔？
這年頭應該不流行和鄰居套交情才對啊。

是說，不知道阿姨怎麼看我們呢。
什麼意思？
我們是相差二十歲的高中老師和學生啊，而且住在同一個屋簷下，這種事……
應該覺得我們是年紀差很多的夫妻吧？
欸～是喔？
那應該不會想要分飯菜給我們吧。
唉唷～人家有數學作業啦。
原來如此！那我們趕快展開夫妻生活吧！
那是我出的！
……嗯？
哇，慘了，要遲到了，要遲到了。
咦？真的假的？

啊～
這個快了
三十分鐘啦。
出門前
再一次。
老師
不先去學校
會很慘吧！
叩叩，
込山小姐
在嗎——？
噗！
我又做太多了，
不介意的話
拿去吃吧。
是怎樣啊，
一大早就跑來……
是不是看準時機來
的啊!?
算了，
那不重要。
老師滿腦子
都是這個。

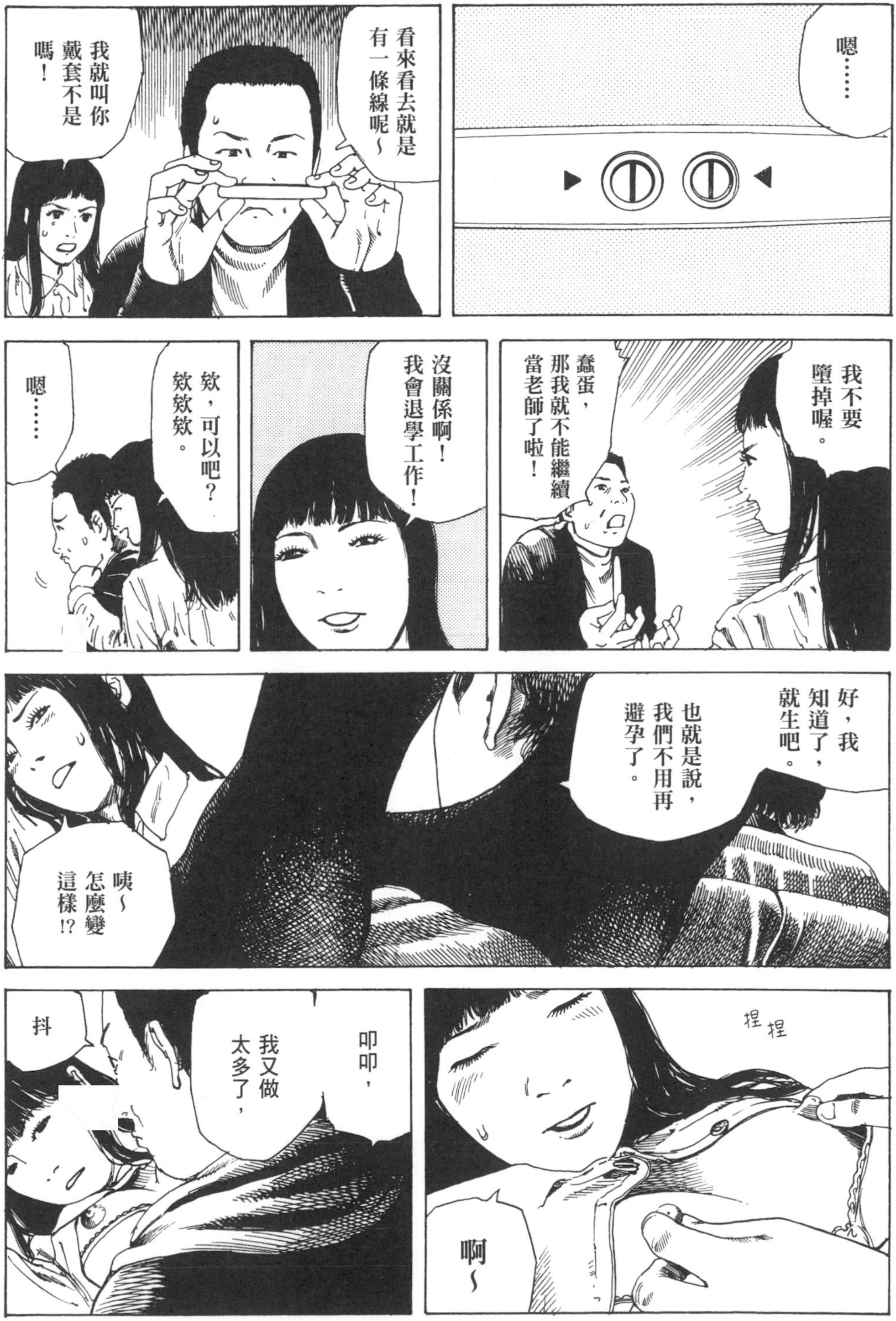
嗯……
看來看去就是有一條線呢～
我就叫你戴套不是嗎！
我不要墮掉喔。
蠢蛋，那我就不能繼續當老師了啦！
沒關係啊！我會退學工作！
欸，可以吧？欸欸欸。
嗯……
好，我知道了，就生吧。
也就是說，我們不用再避孕了。
咦～怎麼變這樣!?
捏捏
啊～
叩叩，我又做太多了，
抖

欸~什麼時候要登記啊?
我不要帶著小孩舉行婚禮喔!
婚禮!? 怎麼可能有錢辦啊!
沒錢就只有這個娛樂了。
老師,你頭腦簡單~
噓!等等!
什、什麼?
叩叩叩
看吧,來了。
我們想做的時候,她一定會送菜過來!
怎麼想都太巧了吧?
她隨時都豎起耳朵在聽,不會錯的!
不對,是竊聽器嗎!?

妳給我差不多……咦？
你好。
我們是警察，想向你們請教鄰居澤口小姐的事。
怎麼了嗎？
你們沒看新聞嗎？
她涉嫌擄走附近的小孩，犯下連續殺人案。
而且我們剛剛調查她的住處，在冰箱內等處發現大量剁碎的受害者的肉。
看來她殺人後會調理、食用他們。
調……
調理!?
（啪噠）
實加！
ペタッ
流

叩叩叩
瀧澤小姐在嗎？
啊，込山小姐！
我做太多了……不介意的話請拿去吃。
又是隔壁太太？
嗯……但是這年頭應該不流行和鄰居套交情才對啊。
又生了。
我們真的是做太多了呢。
下次也分送給房東吧。

轉學生

Hikikomori

我是轉學到這間學校的新生——
咦!?
我搞錯日期了……嗎？
（喀啦）
早啊！
好，要開始上課囉！
咦？
只、只有我一個人!?
（沙沙沙）

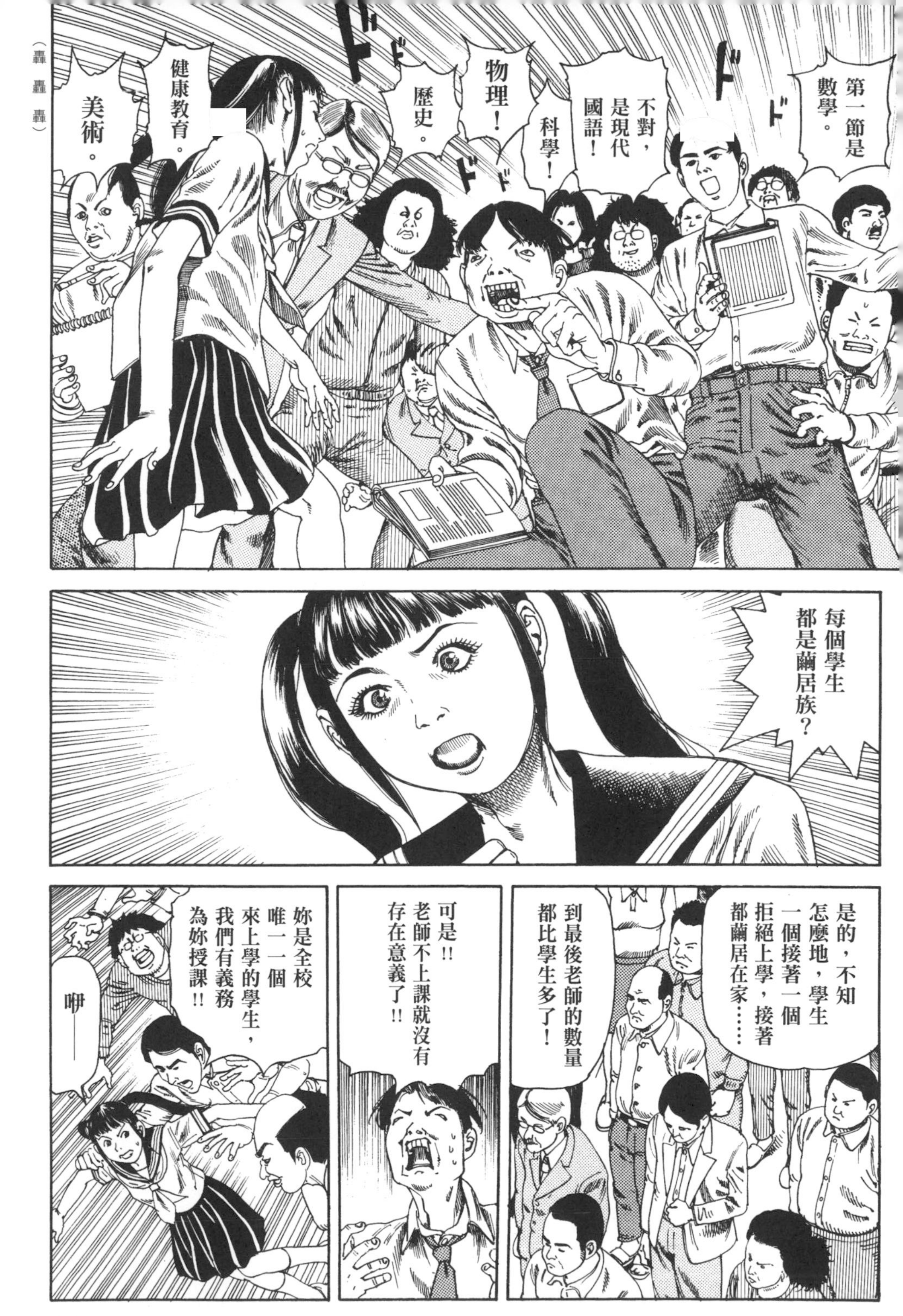

第一節是數學。
不對，是現代國語！
科學！
物理！
歷史。
健康教育。
美術。
（轟轟轟）
每個學生都是繭居族？
是的，不知怎麼地，學生一個接著一個拒絕上學，接著都繭居在家……
到最後老師的數量都比學生多了！
可是!!老師不上課就沒有存在意義了!!
妳是全校唯一一個來上學的學生，我們有義務為妳授課!!
咿——

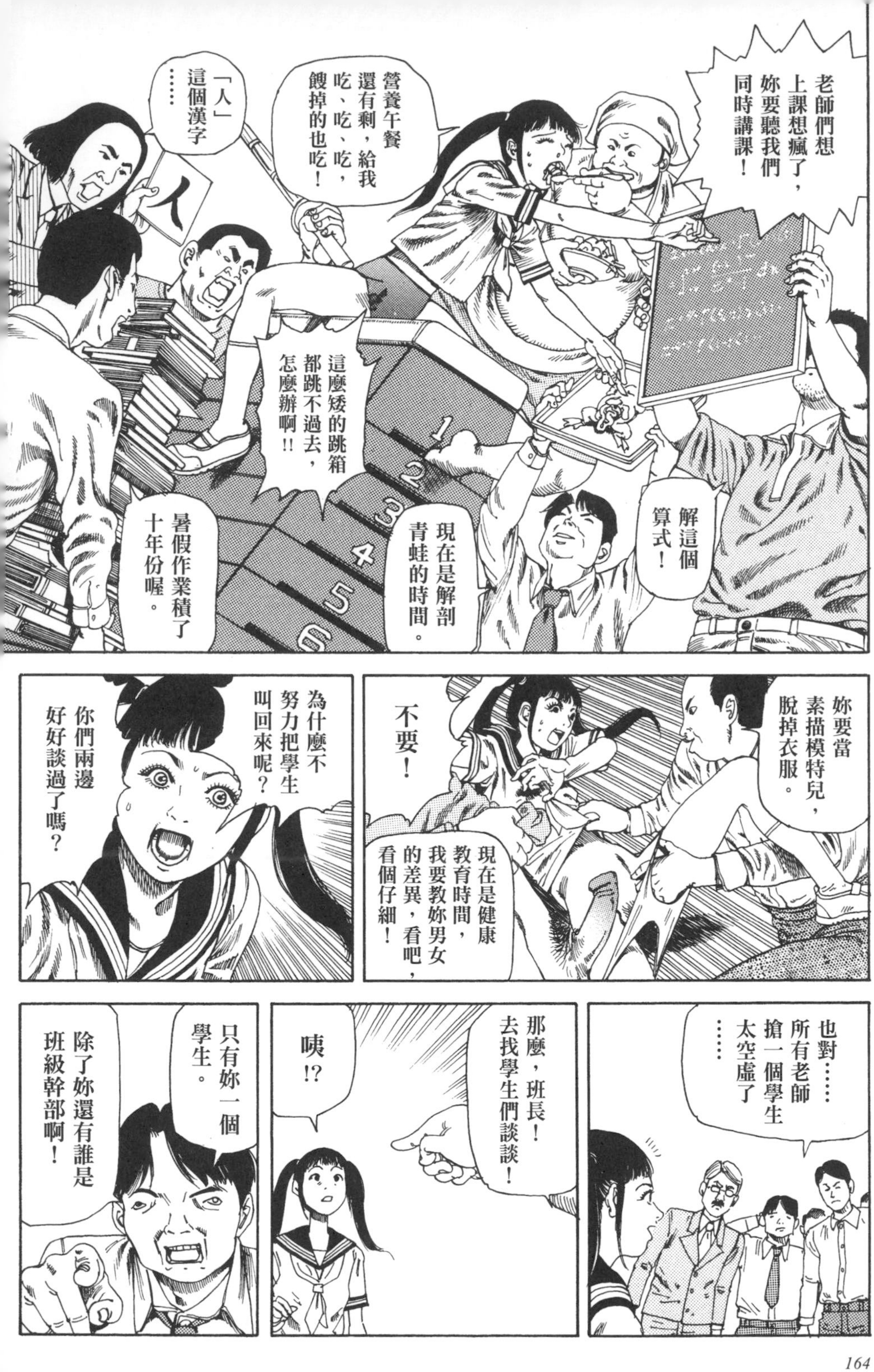
老師們想上課想瘋了，妳要聽我們同時講課！
解這個算式！
現在是解剖青蛙的時間。
營養午餐還有剩，給我吃、吃、吃，餿掉的也吃！
這麼矮的跳箱都跳不過去，怎麼辦啊!!
「人」這個漢字……
暑假作業積了十年份喔。
妳要當素描模特兒，脫掉衣服。
不要！
現在是健康教育時間，我要教妳男女的差異，看吧，看個仔細！
為什麼不努力把學生叫回來呢？
你們兩邊好好談過了嗎？
也對……所有老師搶一個學生太空虛了……
那麼，班長！去找學生們談談！
咦!?
只有妳一個學生。
除了妳還有誰是班級幹部啊！

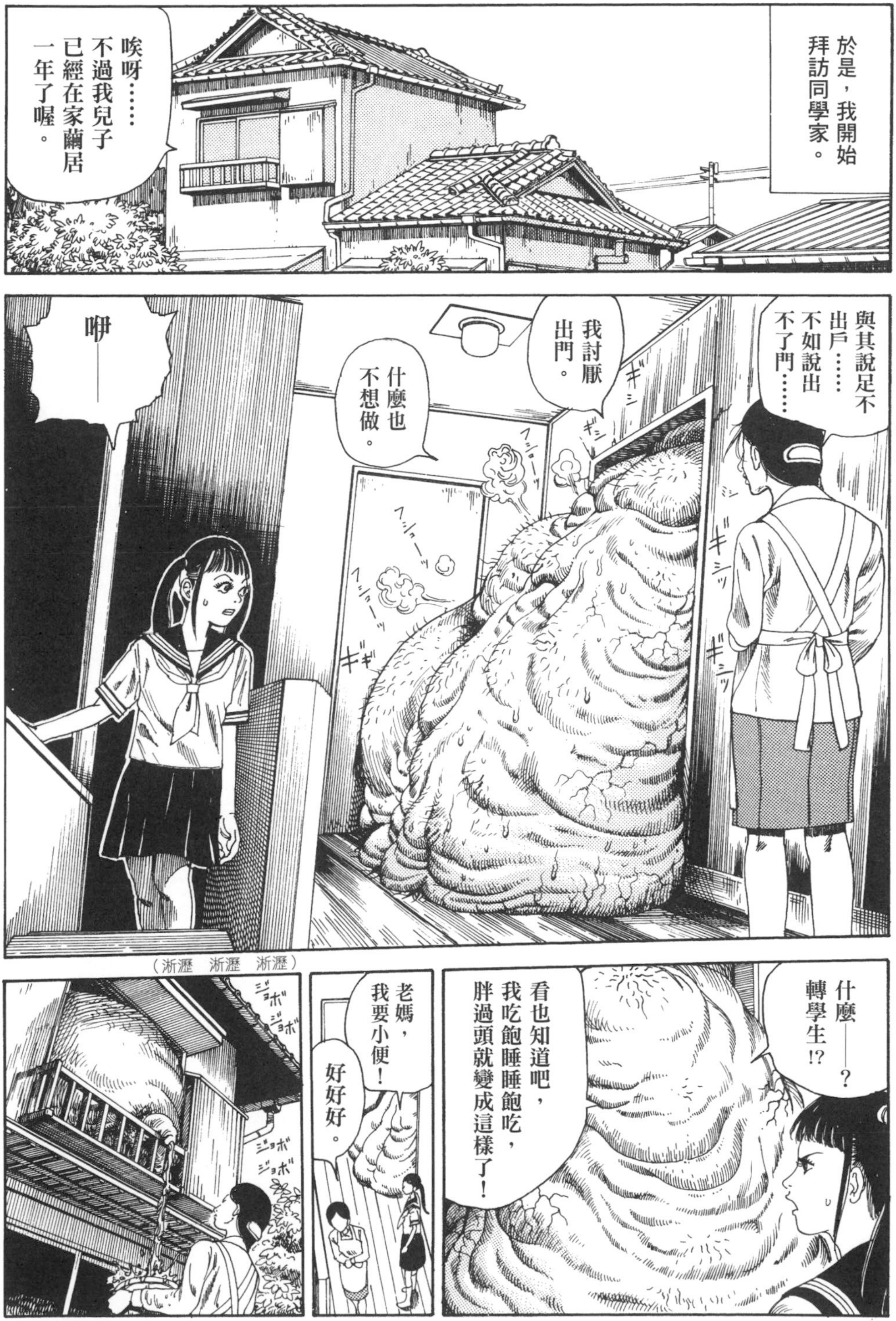
於是，我開始拜訪同學家。
唉呀……不過我兒子已經在家繭居一年了喔。
與其說足不出戶……不如說出不了門……
（嘎嘰 咻咻 嘎嘰 咻咻）
我討厭出門。
什麼也不想做。
咿——
什麼——？轉學生!?
看也知道吧，我吃飽睡睡飽吃，胖過頭就變成這樣了！
老媽，我要小便！
好好好。
（淅瀝 淅瀝 淅瀝）

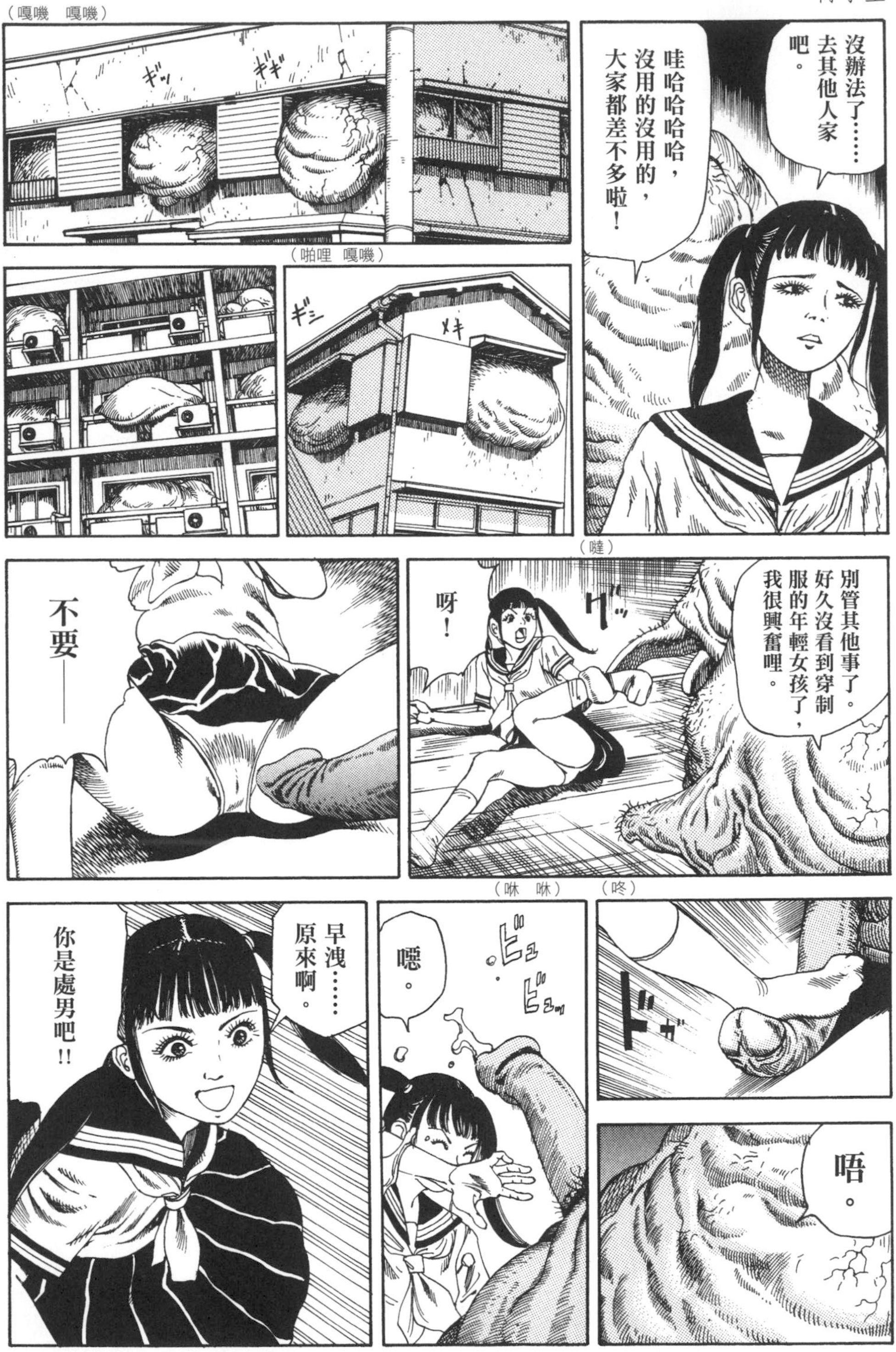
沒辦法了……去其他人家吧。
哇哈哈哈哈，沒用的沒用的，大家都差不多啦！
（嘎嘰　嘎嘰）
（啪哩　嘎嘰）
（噠）
別管其他事了。好久沒看到穿制服的年輕女孩了，我很興奮哩。
呀！
不要——
（咻　咻）
（咚）
唔。
嗯。
早洩……原來啊。
你是處男吧!!

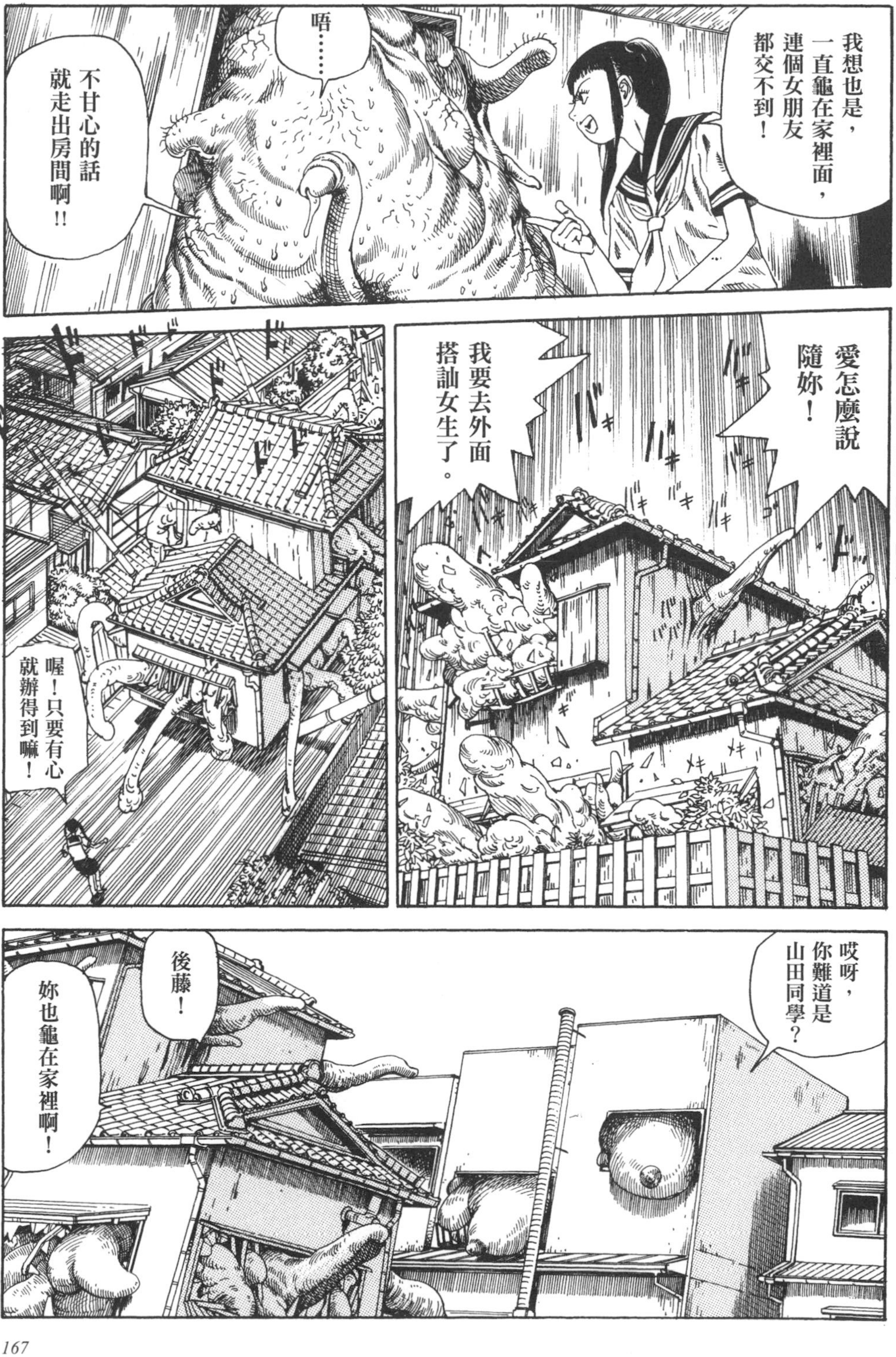
我想也是，一直龜在家裡面，連個女朋友都交不到！
唔……
不甘心的話就走出房間啊!!
愛怎麼說隨妳！
我要去外面搭訕女生了。
（咚咚咚咚咚）
喔！只要有心就辦得到嘛！
哎呀，你難道是山田同學？
後藤！
妳也龜在家裡啊！

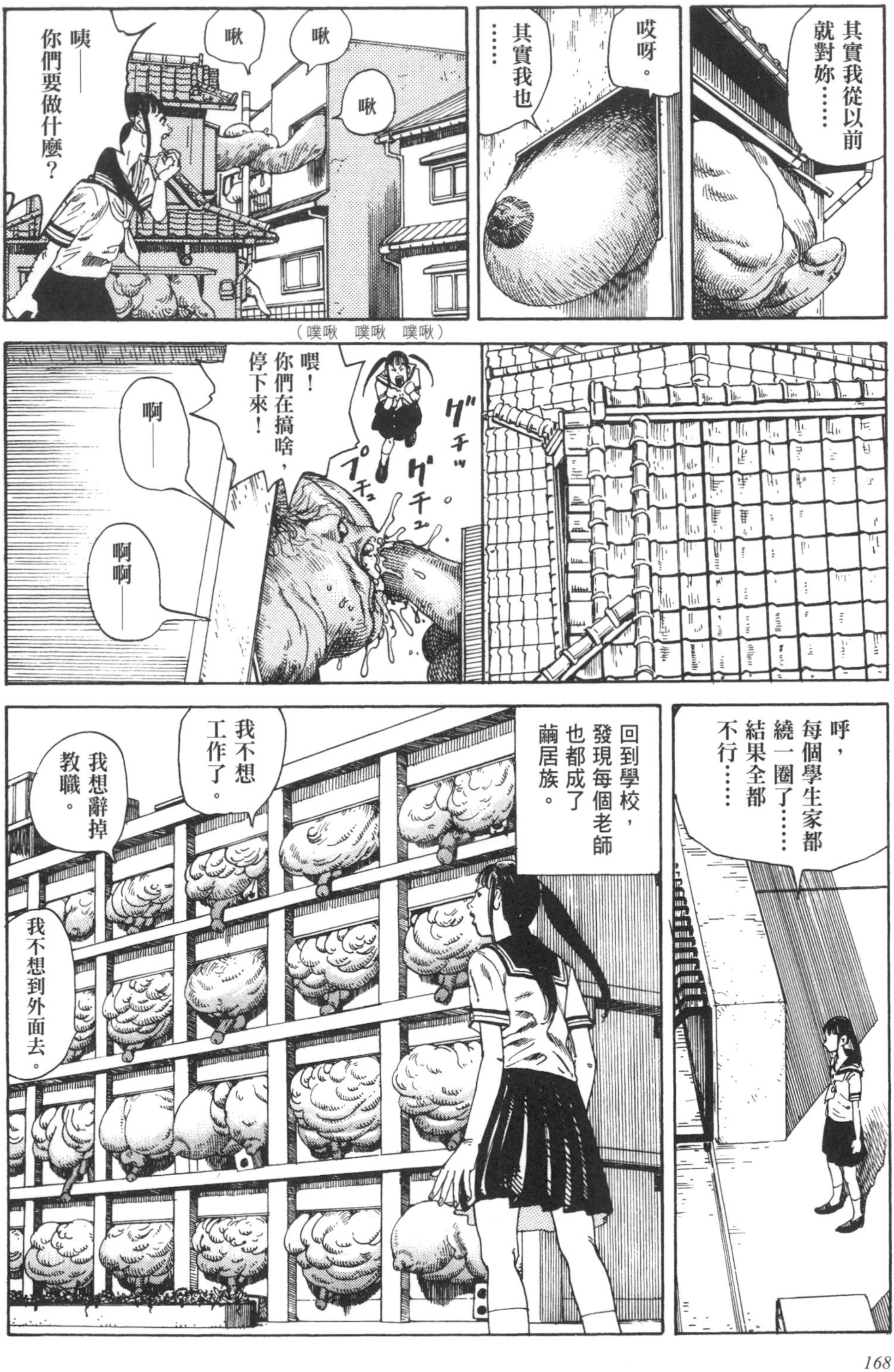
其實我從以前就對妳……
哎呀。
其實我也……
啾
啾
啾
咦——你們要做什麼？
（噗啾　噗啾　噗啾）
喂！你們在搞啥，停下來！
グチッ
グチュ
プチュ
啊——
啊啊——
呼，每個學生家都繞一圈了……結果全都不行……
回到學校，發現每個老師也都成了繭居族。
我不想工作了。
我想辭掉教職。
我不想到外面去。

忘東忘西

Behind

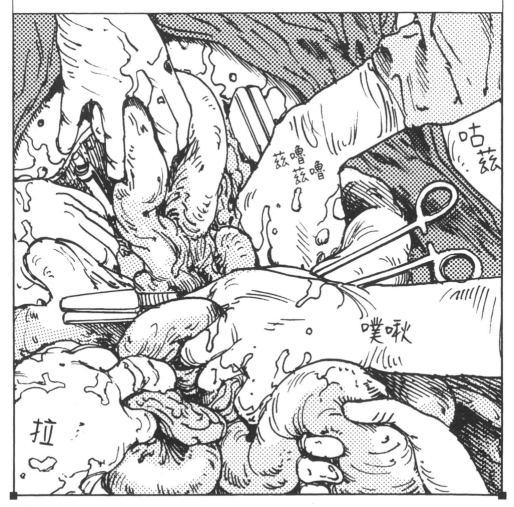

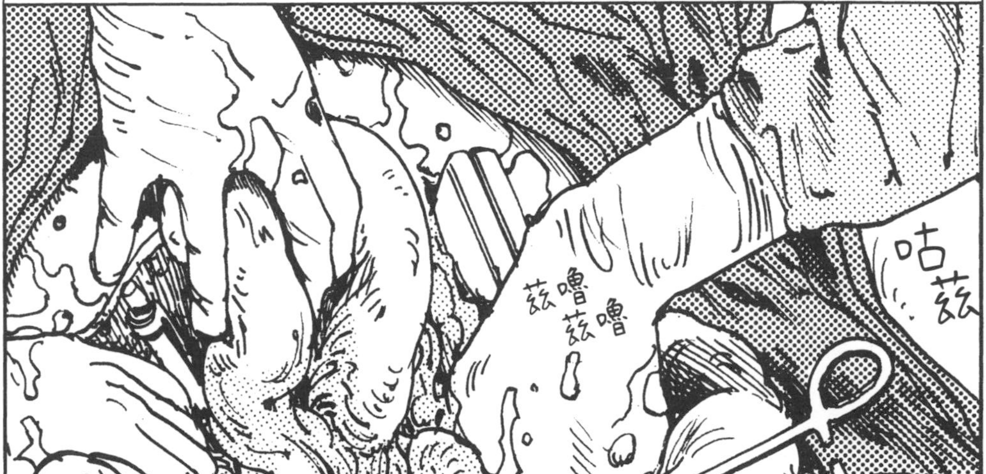

手術順利成功囉。
只不過有個問題。
什、什麼呢!?
其實……我們把手術刀忘在妳的肚子裡了。
因此得再開刀拿出來。
欸——
手術
好，取出了！

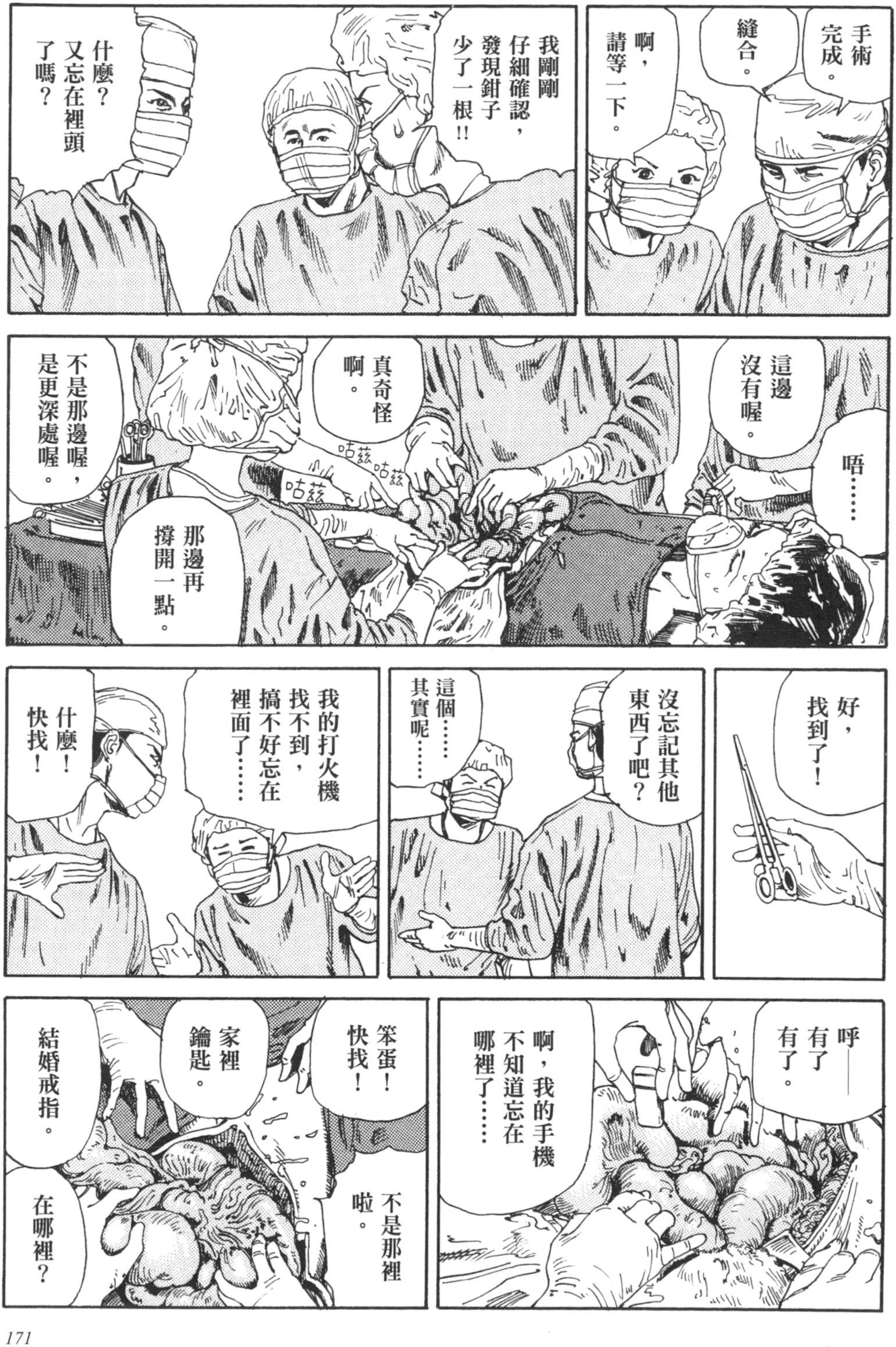
手術完成。
縫合。
啊，請等一下。
我剛剛仔細確認，發現鉗子少了一根!!
什麼？又忘在裡頭了嗎？
唔……
這邊沒有喔。
真奇怪啊。
咕茲
咕茲
咕茲
不是那邊喔，是更深處喔。
那邊再撐開一點。
好，找到了！
沒忘記其他東西了吧？
這個……其實呢……
我的打火機找不到，搞不好忘在裡面了……
什麼！快找！
呼——有了有了。
啊，我的手機不知道忘在哪裡了……
笨蛋！快找！
不是那裡啦。
家裡鑰匙。
結婚戒指。
在哪裡？

大家忘記的東西真多啊。
醫生也是啊。
唔唔唔……
咕茲咕茲咕茲
茲嚕茲嚕
推推推
啊，鑷子出來囉。
噗啾
啊，找到了。
拉
兩個禮拜後，總算出院了。
我累了……
要遲到了！
糟了，忘了帶要給她的禮物。
打擾了。
咦!?
啊，有了有了。
茲茲茲
唔……
啊，慘了，忘了帶作業！
有了，太好了！
拉拉

聽到傳言的人接連好幾天跑來找他們忘記的東西。
茲茲茲茲
找到傘了。
忘了寄的情書找到了。
咕茲咕茲
拉拉
啊啊啊，隨便你們了啦。
太好了，忘在這種地方啊。
攝影機在這裡啊。
你們像話一點！她對你們的行為很反感不是嗎！
學校第一資優生
小山田圭吾郎
小山田同學！
他們還真自私……我可是有想忘也忘不了的事情。
唉呀，怎麼了？
其實，我有個住在隔壁鎮的女朋友，她之前被吸血怪獸蛭魔咬死了。
GoGo 舞者
自稱二十二歲
啊
呀
欸，發生過那麼不幸的事啊!!
他原本有女朋友……我一直偷偷喜歡他耶……

事情來得很突然……不管我睡著還是醒著，關於她的回憶都會不停浮現。
我好痛苦，痛苦得不得了。
既然如此，我只能去見她了！
哇——你別衝動。
對了！你身上有沒有哪個東西充滿她的回憶？
要做什麼？
放進我內臟啊！
ばばばっ
這樣你一定就能忘記她了。
（啵啵啵）
充滿她的回憶……我有她送給我的超高級手錶。
（茲啵）
放進去看看吧。
ズボッ
嗯？咦？我以前手上好像有戴著什麼東西，是什麼去了……
太好了，成功！

啊啊，但是和她有關的美好回憶……露天電影院、廢墟巡禮、SM賓館……
你有沒有帶數位相機或手機？
回憶這種東西都塞在照片裡。
如何？
ズボッ
好像跟女朋友去過什麼地方，到底是哪裡呢？
啊啊，但是她在另一個世界笑著，笑著，啦啦啦啦～
哇，等等，等等。
ゴトン ゴトン ゴトン ゴトン
（空隆 空隆 空隆）
我要讓你忘記她的一切。她生前穿的衣服、書、擁有的東西、化妝品之類的，呃……呃……還有什麼呢？
擠～
唔唔……
嗚 嗚 嗚 嗚
啊啊啊，等等我，我現在就過去喔。
對了，遺骨！
雖然有點噁……
ばばばば
（啵 啵 啵 啵）

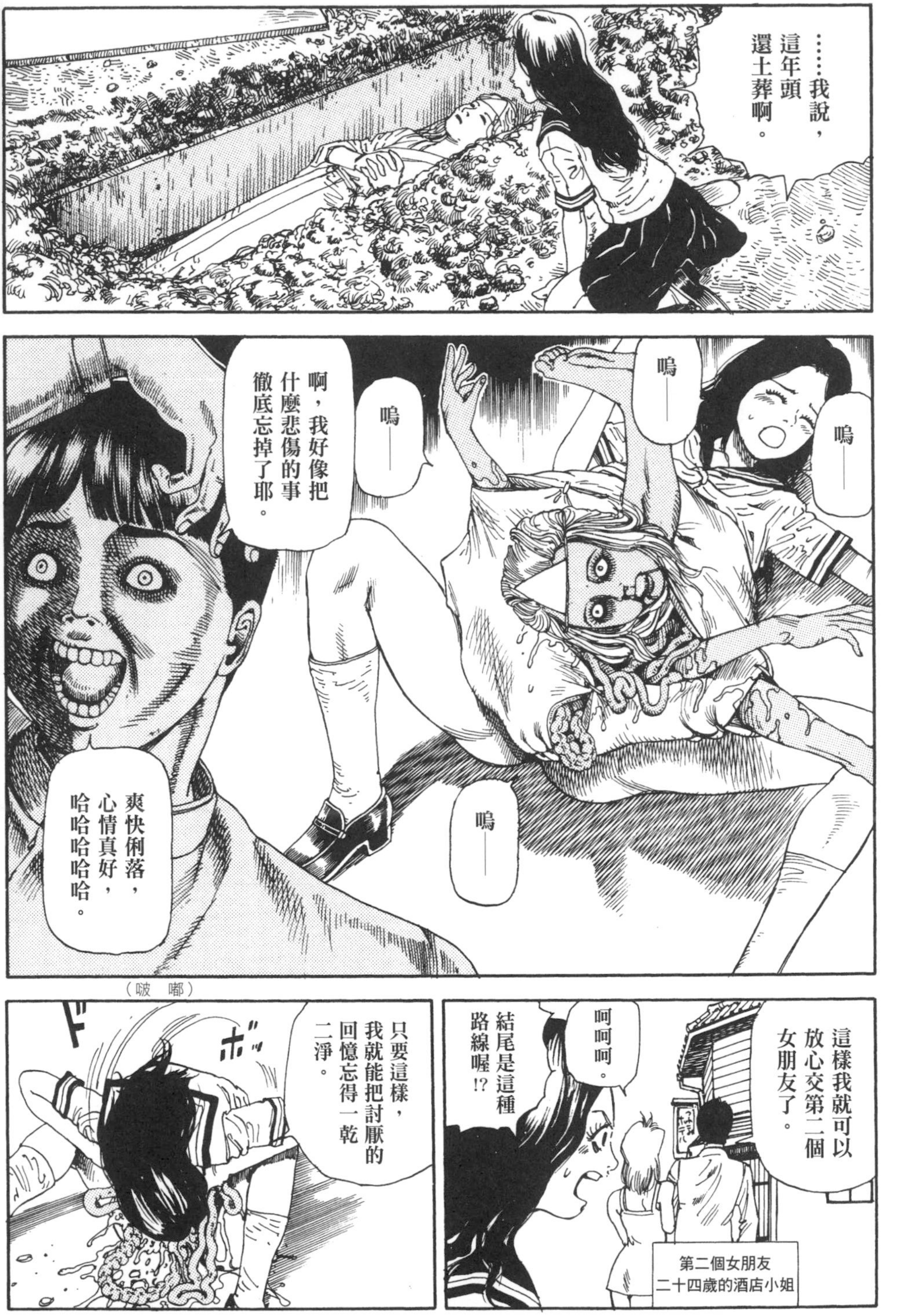
……我說，這年頭還土葬啊。
嗚——
嗚——
啊，我好像把什麼悲傷的事徹底忘掉了耶。
嗚——
嗚——
爽快俐落，心情真好，哈哈哈哈哈。
（啵 嘟）
這樣我就可以放心交第二個女朋友了。
呵呵呵。
結尾是這種路線喔!?
第二個女朋友
二十四歲的酒店小姐
只要這樣，我就能把討厭的回憶忘得一乾二淨。
ボッ
ド

濫捕

Previous life

我妹最近怪怪的。
妳……以前不是討厭吃肉嗎？
是沒錯，不過可能是偏好變了吧……
嚼
嚼
……
泡妹妹泡過的洗澡水，結果……
？
鱗片？
後來，某天半夜。
誰？

零子？
沙啊啊啊啊啊啊啊
咿——
我們請聲名響亮的靈媒進行靈視，結果……
是蛇！
前世因緣導致她被蛇附身。

蛇!?
嘰—
嘰—
嘰—
妳妹妹的前世是獵人。
他大量殺蛇，取出內臟當成藥販賣。
怎麼會……我妹根本沒罪嘛!!
沒辦法趕走蛇的靈嗎？
趕走只是一時之計。
我有斷絕根源的力量！
咦!?
這就是妳妹前世的模樣。
立刻停止捕蛇!!
不然的話，你就會遭蛇詛咒喔！
啥!?
我是山神。你要是不放走蛇，我會讓你痛苦掙扎七天七夜才斷氣。
咿！我、我知道了。

唉唷。
ぱっ
啊，變回原狀了。
對蛇犯下的罪行消失了，所以詛咒也沒了。
咦，那不就是改變了歷史嗎！
？
？
那麼，收您一千萬元。
啥!?
我怎麼可能付得出來!?
啊，是喔。
那我就讓她恢復原狀。
哇～等等，等等。
沒辦法了……我只能用這個方法付了。
真不巧，我已經有阿忠這個愛人了。
唔，這死變態……但我又不可能拿出那麼大一筆錢。
對了，我想到一門好生意了！
要不要跟我一起撈一筆？
什麼？

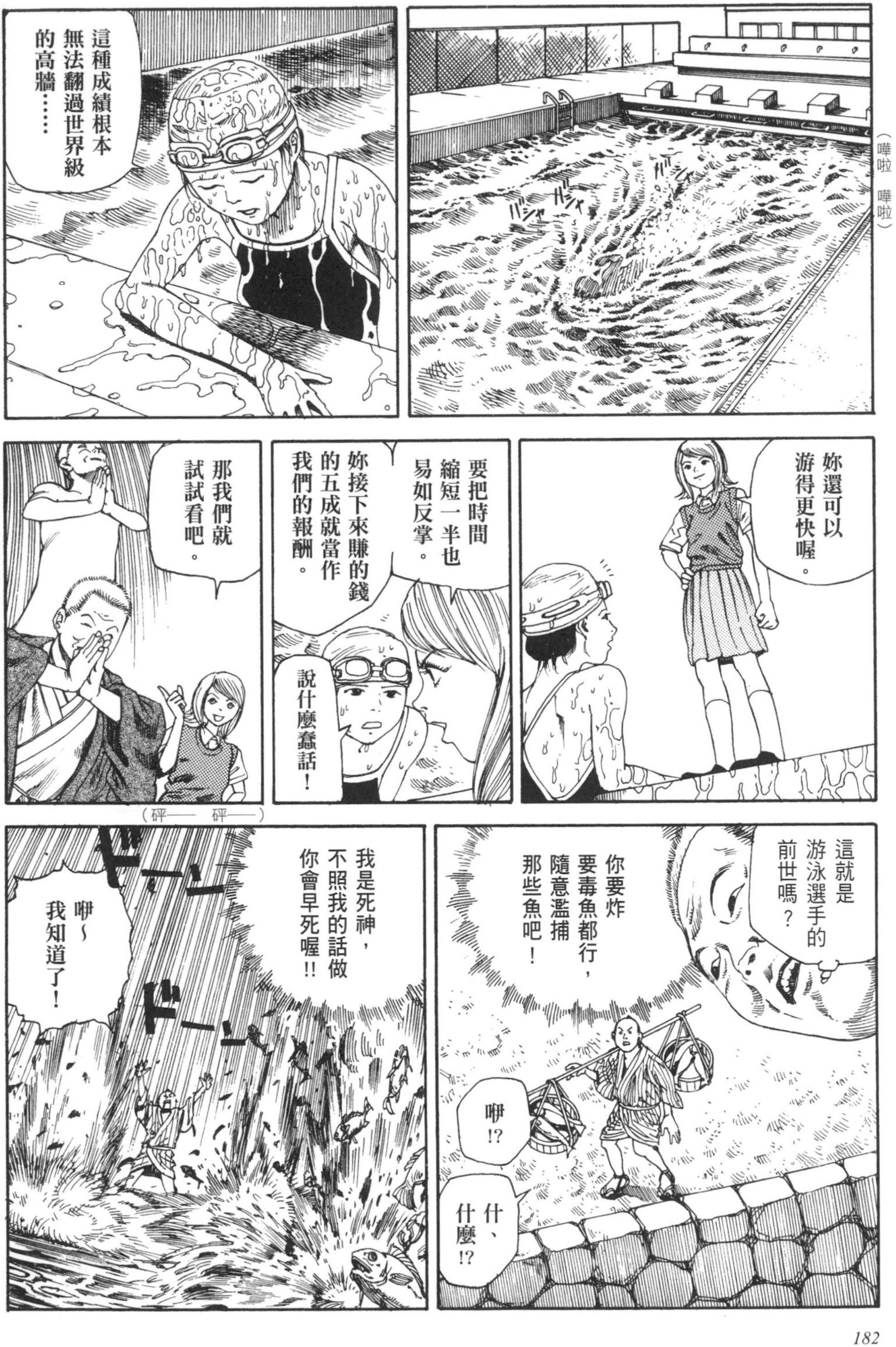
（嘩啦 嘩啦）
這種成績根本無法翻過世界級的高牆……
妳還可以游得更快喔。
要把時間縮短一半也易如反掌。
妳接下來賺的錢的五成就當作我們的報酬。
說什麼蠢話！
那我們就試試看吧。
（砰── 砰──）
這就是游泳選手的前世嗎？
你要炸要毒魚都行，隨意濫捕那些魚吧！
咿!?
什、什麼!?
我是死神，不照我的話做你會早死喔!!
咿~我知道了！

（轟轟轟轟）
似乎順利讓魚詛咒她了。
喔喔喔喔，這是怎麼回事？
行得通！一定拿得到奧運金牌!!
以後就可以靠電視廣告收入賺飽飽了！
這招厲害。
（咻）
喔喔喔喔喔。
濫捕獵豹。
好猛，好猛啊！
（蹦唷）
我要他前世濫捕袋鼠。

要他前世濫捕相撲力士。
力士的詛咒提升力量。
（咚）
どすこいっ
濫捕漫畫家。
畫得出來，我畫得出來喔！
我也請自己的前世濫捕巨乳女孩了。
太好了！
不過我對人類的胸部不感興趣就是了。
真希望是原本的小胸部……
（啪喀）
バカ
（砰　砰）
哇啊——
我要殺光所有靈媒～～
ドーン
ドーン
我請前世濫捕靈媒，靈能力就提升了！
收您一億元。
100年後

強迫推銷
Salesman

花子，妳不要衝動！
不要阻止我，我被太郎甩掉，已經活不下去了。
男人就跟垃圾一樣多啊，妳還有機會的！
已經玩完了。
站前剛開了一家白蟻甜點店，妳不吃個一次就要上路啦!?
唔……
要是沒吃過蔚為話題的納豆泡菜聖代，死了也不會瞑目……
對啊!!
（咚）
不要考慮自殺那種蠢事了，好嗎……
是……是啊……
呀！
？

花子!!
又來了……
為什麼我總是幫助不了別人!?
阻止不了小時候的玩伴小惠……
啊啊!
呀
也阻止不了媽媽跳崖。
啊。
咿
用這眼鏡，妳就會清楚看到答案了。
咦!?
?
欸!?
(轟嗡嗡嗡)

感
恩
妳的背後靈是活躍於昭和初期的著名力士，轟鬼山!!
騙人的吧，真假!?
（唰砰）
ズバン
妳想幫助的人，全都被轟鬼山推出去了！
那大家會死都是我害的囉……真想被他推出去……
等等！
這是我名片！請務必來我們公司上班!!
強迫推銷服務
唷咿咻本舖董事
唷咿咻慈五郎
強……強迫推銷!?
是，您好，這裡是唷咿咻本舖。
不好意思，麻煩你們強迫推銷。
馬上就有工作了，來吧。
咦，怎麼那麼突然。

我被裁員，老婆自殺，小孩變成飆車族，爺爺吃個麻糬就窒息死了……
我只能去死了，但是我跨不出最後一步……
我知道了！
「推」一次十萬元！
（砰）
（咚）
好啦，輪到妳出場了！
咦，我不行啦──
妳的力量可以救人喔……
呀！
ドン
バ
噗咿咻
ッ
（咚喀）
ド
ギ
ャッ
我又殺了一個人……
妳在說什麼，他很感謝妳喔！
收入的五成給妳，當作成功報酬。
咦，真假，太棒了！

(噹噹噹噹)

就這樣，我將一個又一個迷途羔羊推出土俵。
下一位客人在那邊。
咦，在有其他耳目的地方!?
カン カン カン カン カン
他想在許多人面前迎接人生的最後一刻啦。
我知道了。
剛剛那個人看起來不怎麼苦惱……不過光靠外表也無法判斷一個人想不想自殺就是了……
呵呵呵，謝謝你，多虧你們的服務，我領了一大筆保險金。
那麼根據約定，向您收保險金的三成。

他不是想自殺的人嗎!?
什麼啊，妳都聽到了喔。
我覺得是對他好才配合的……這樣就只是殺人嘛，太過分了！
唷咿咻
請原諒我，殿下，
呀～
啊啊啊啊啊啊啊啊啊
這不是很棒嗎
呵呵呵呵呵呵
這不是很棒嗎
（啾咻咻—）
轉轉轉轉轉轉轉轉轉
蠢貨，我的背後靈是色瞇瞇殿下啊！
妳已經犯下惡行了，一輩子在我手下工作吧！
怎麼這樣……
要是沒這個背後靈的話……
然而，拜託靈媒來除靈也沒用。
（咚啪）
哇咧噗。
啊

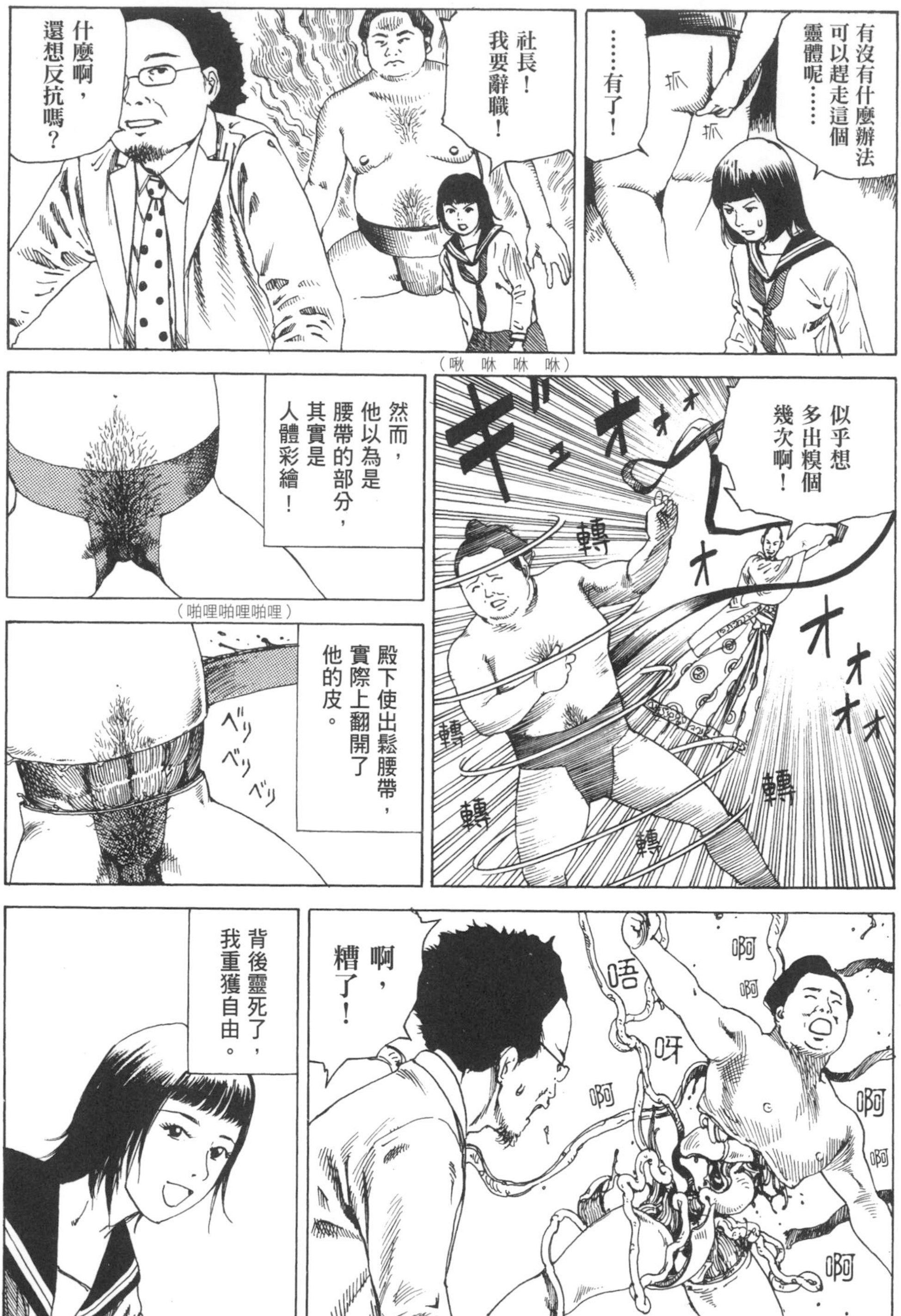
有沒有什麼辦法可以趕走這個靈體呢……
抓
抓
……有了！
社長！我要辭職！
什麼啊，還想反抗嗎？
（啾 咻 咻 咻）
似乎想多出糗個幾次啊！
ギュオォォ
オ
オォォォ
轉
轉
轉
轉
轉
然而，他以為是腰帶的部分，其實是人體彩繪！
（啪哩啪哩啪哩）
殿下使出鬆腰帶，實際上翻開了他的皮。
ベリ
ベリ
ベリ
啊，糟了！
唔
呀
啊
啊
啊
啊
啊
啊
背後靈死了，我重獲自由。

轉移
Changes

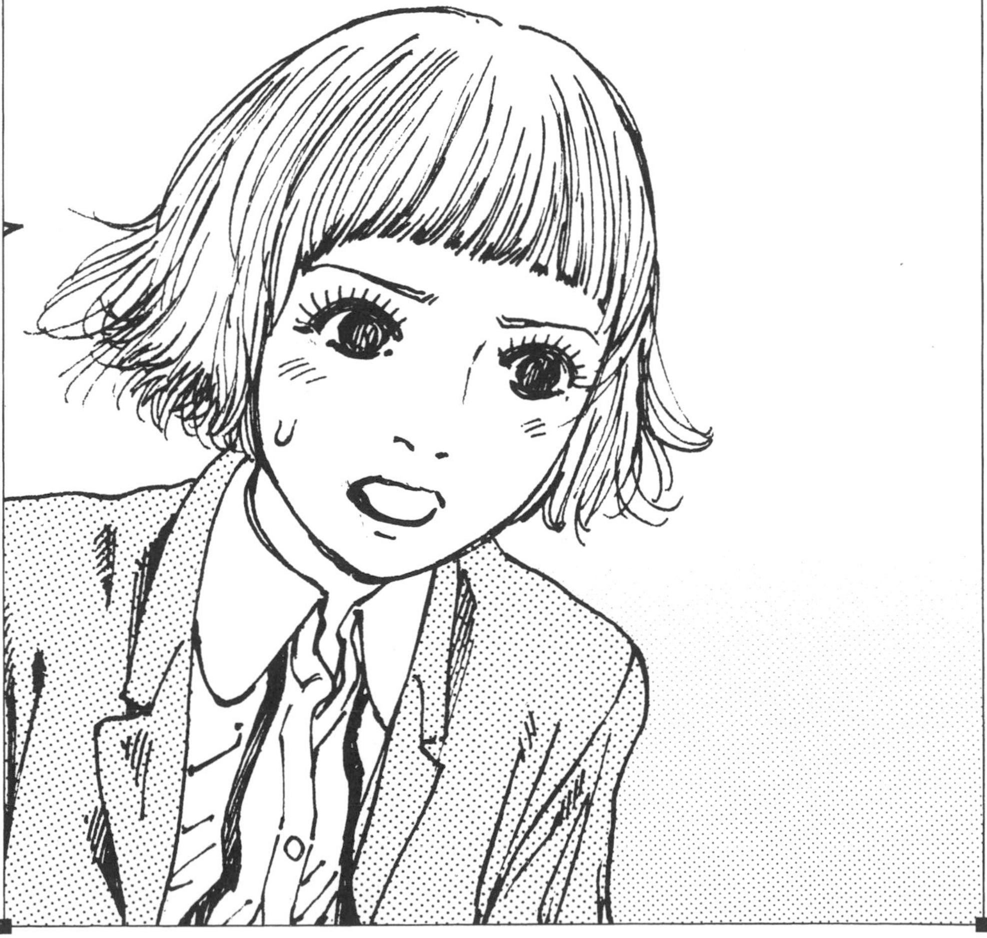

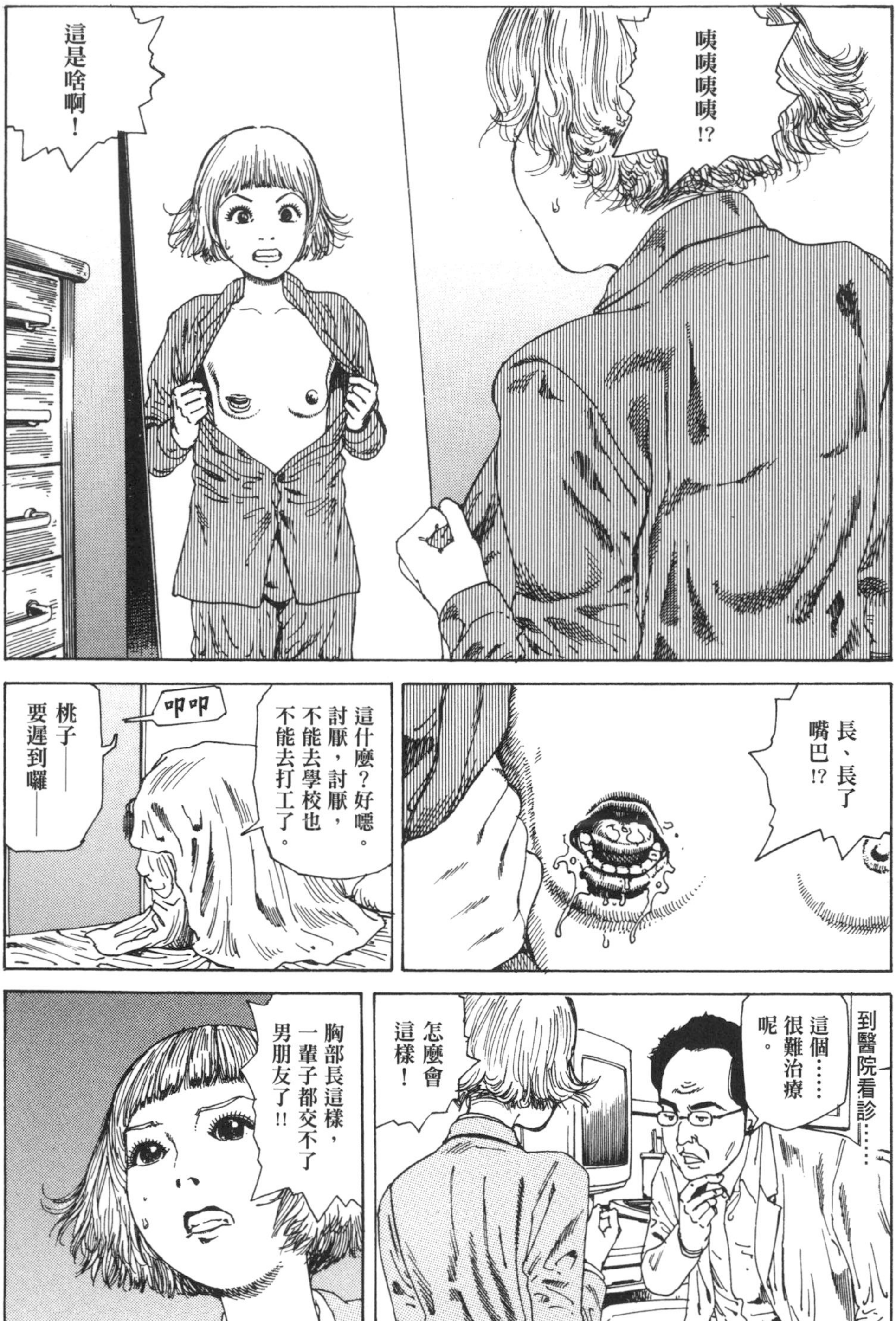
咦咦咦咦!?
這是啥啊!
長、長了嘴巴!?
叩叩
這什麼?好噁。討厭,討厭,不能去學校也不能去打工了。
桃子——要遲到囉——
到醫院看診……
這個……很難治療呢。
怎麼會這樣!
胸部長這樣,一輩子都交不了男朋友了!!

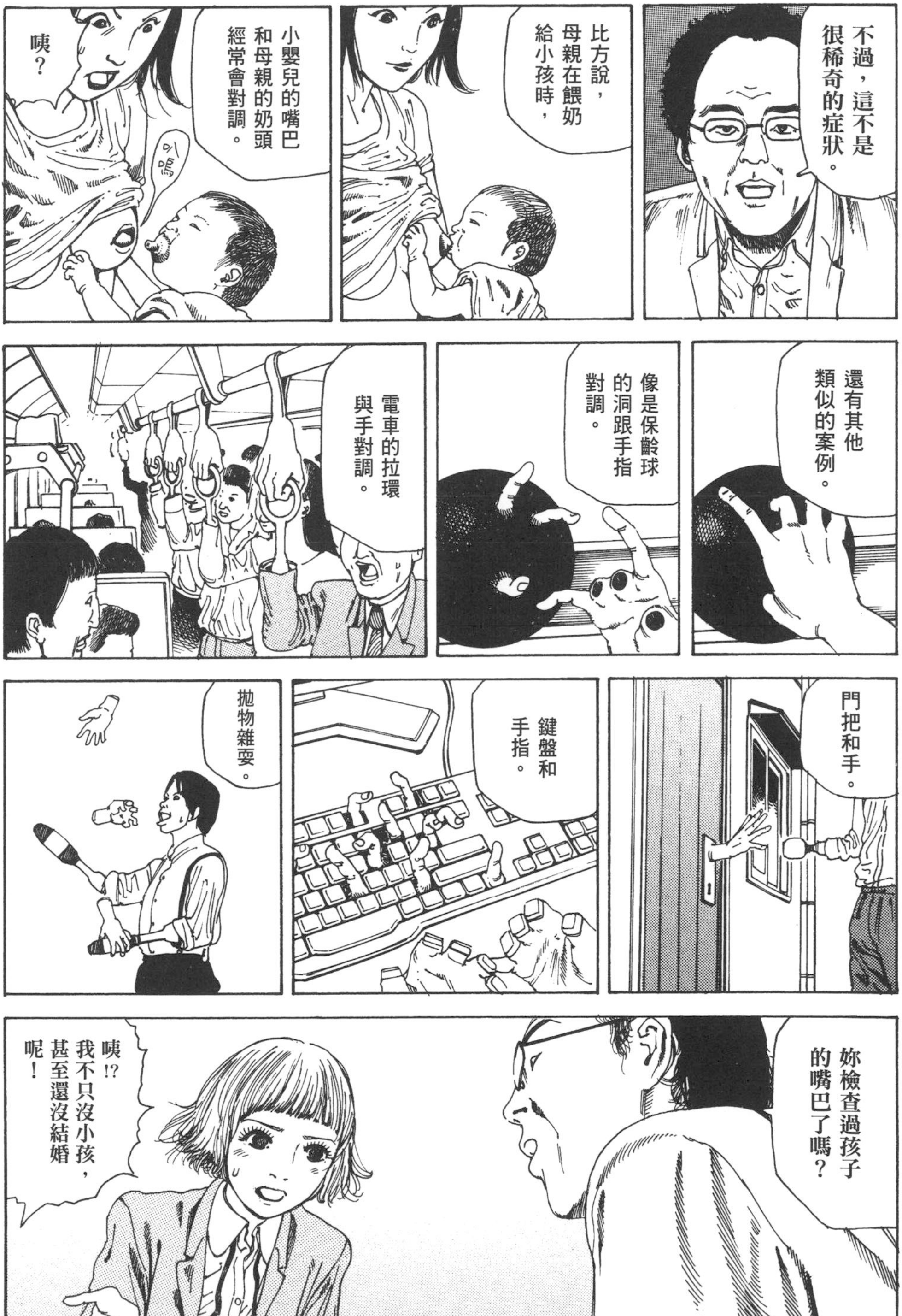
不過，這不是很稀奇的症狀。
比方說，母親在餵奶給小孩時，
小嬰兒的嘴巴和母親的奶頭經常會對調。
吖嗚
咦？
還有其他類似的案例。
像是保齡球的洞跟手指對調。
電車的拉環與手對調。
門把和手。
鍵盤和手指。
拋物雜耍。
妳檢查過孩子的嘴巴了嗎？
咦!? 我不只沒小孩，甚至還沒結婚呢！

確實，這不像小孩子的嘴巴。
這麼說來，就是妳和男朋友性交，被吸奶頭時對調的吧。
我也沒有男朋友啊！
啊，等等！我們昨晚在社團辦公室大鬧，開校慶的慶功宴……
登登，伴手禮——
啥——被發現會很慘耶～
沒關係啦，快喝，快喝。
嗚噗。
後來我就沒有記憶了……
要是在鬧成一團時順勢做了……
可惡～是誰？沒經過我許可就吸我的奶頭。

（喀啦）
ガラッ
咦，桃子今天不是請假嗎？
吸了我奶頭的傢伙，嘴巴應該變成奶頭了……
藤川同學，你戴口罩遮著什麼？
!!
?
請拿下來看看！
啊，這是!!
就是你吧！侵犯我奶頭的犯人！
啥!?你裝死個屁啊……
不是，這是我媽的奶頭。
我從好幾年前就跟我媽發展出禁忌的關係了。
這麼說來，它跟我奶頭的形狀和顏色都不一樣呢……我的不是這種紫黑色，也不細長。

有吉同學，你的嘴巴也讓我看看！
咦，這啥啊！
抖
抖
抖
雞雞和嘴巴對調，也就是說……咦，有吉同學是那種人喔!?
喂！明明有我這個女朋友，你是怎樣啊！
對象是誰啊！
喂，在吵什麼。
抱歉，我只是一時昏了頭。
嗯？
老師的胯下傳出有吉同學的聲音！
對象是老師嗎!?你在想啥啊！
(匡啷 匡啷)
什麼？
原、原諒我！
嗯——犯人不在這些人當中嗎……

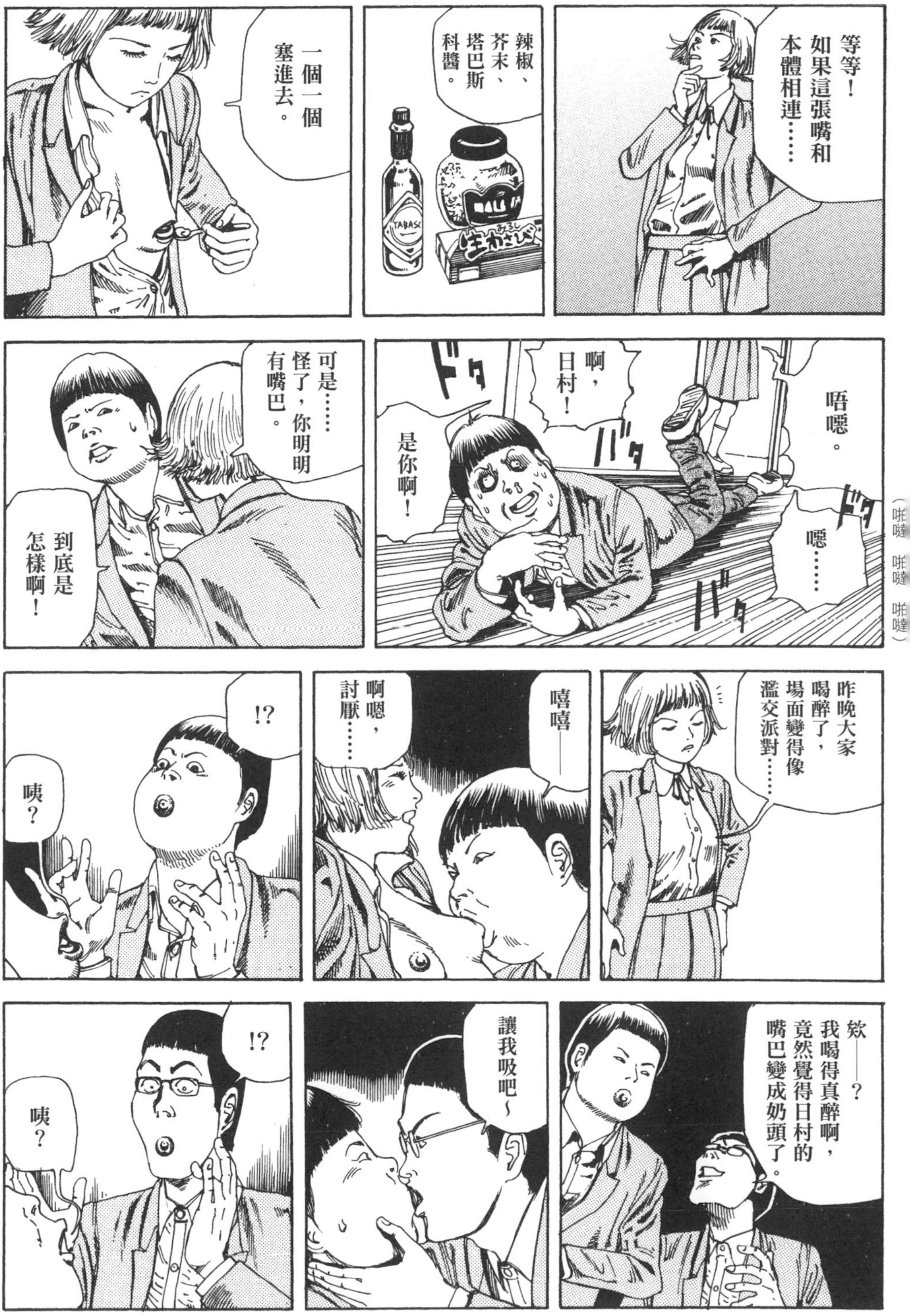
等等！如果這張嘴和本體相連……
辣椒、芥末、塔巴斯科醬。
一個一個塞進去。
唔嗯。
ドタ
バタ
嗯……
ドタ
バタ
（啪噠 啪噠 啪噠）
啊，日村！
是你啊！
可是……怪了，你明明有嘴巴。
到底是怎樣啊！
昨晚大家喝醉了，場面變得像濫交派對……
嘻嘻——
啊嗯，討厭……
!?
咦？
欸——？我喝得真醉啊，竟然覺得日村的嘴巴變成奶頭了。
讓我吸吧～
!?
咦？

後來有一隻貓混進房間裡……
貓就那樣跑到別的地方去了……
欸——把我的奶頭還來——
奶頭～
我的奶頭～
後來我找了一整天的貓但一點線索也沒有
又過了四十年，我成為日本首任女性首相。
已經無法阻止核戰了嗎？
（喀喀喀）
在這裡啊。
▲飛彈發射鈕
總理，請下決定。
只能按了嗎？

改造

Weightlessness

我從漫長的睡眠中醒來，發現自己在醫院裡。
啊……
頭好痛……
那時我突然發暈……但後來的事都想不起來了。
鏗
鏗
鏗
鏗
鏗
鏗
（嘶——）

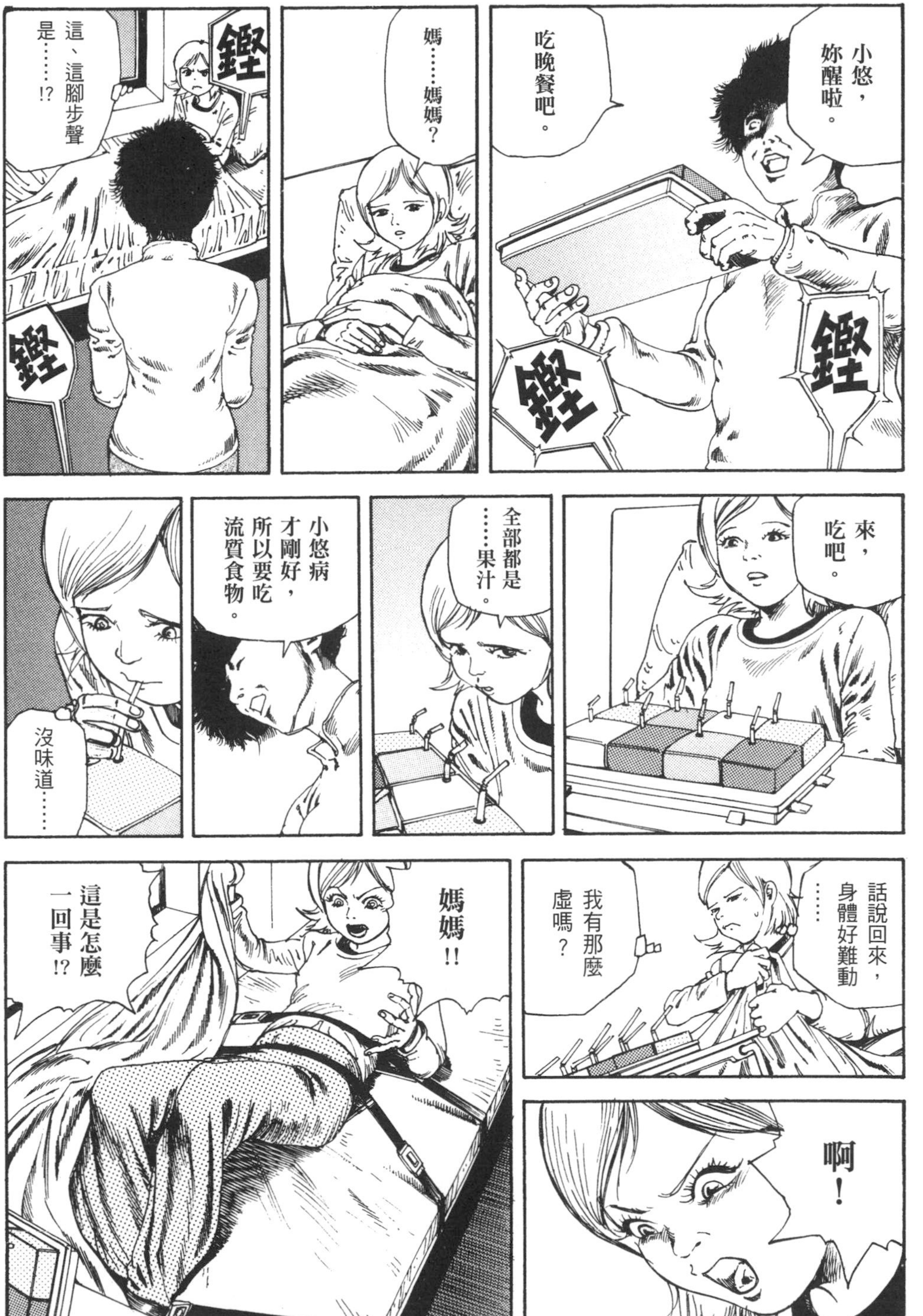
鏗
鏗
小悠，妳醒啦。
吃晚餐吧。
媽……媽媽？
鏗
鏗
這、這腳步聲是……!?
來，吃吧。
全部都是……果汁。
小悠病才剛好，所以要吃流質食物。
沒味道……
話說回來，身體好難動……
我有那麼虛嗎？
啊！
媽媽!!
這是怎麼一回事!?

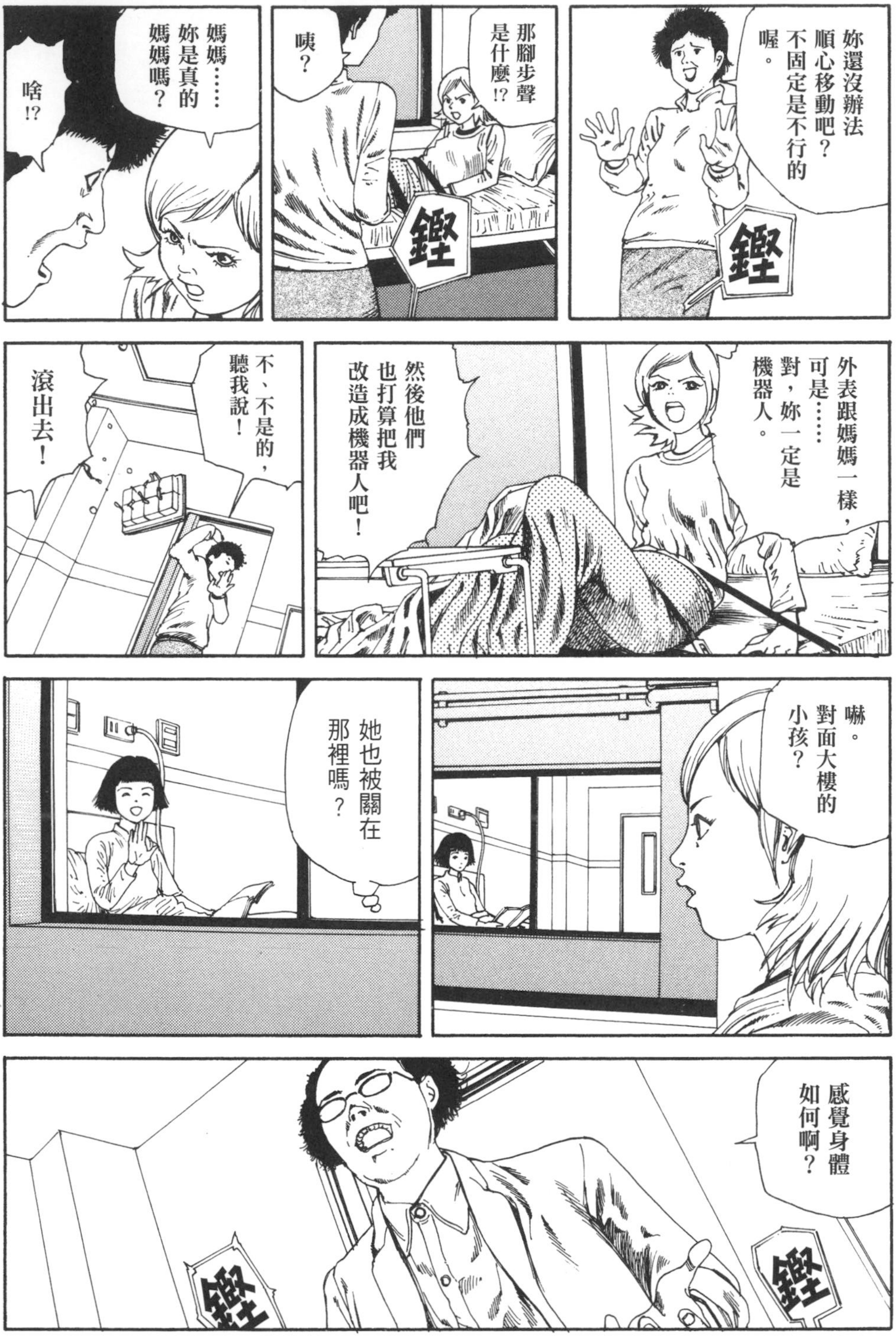
妳還沒辦法順心移動吧？不固定是不行的喔。
鏗
那腳步聲是什麼!?
咦？
鏗
媽媽……妳是真的媽媽嗎？
啥!?
外表跟媽媽一樣，可是……對，妳一定是機器人。
然後他們也打算把我改造成機器人吧！
不、不是的，聽我說！
滾出去！
嚇。對面大樓的小孩？
她也被關在那裡嗎？
感覺身體如何啊？
鏗
鏗

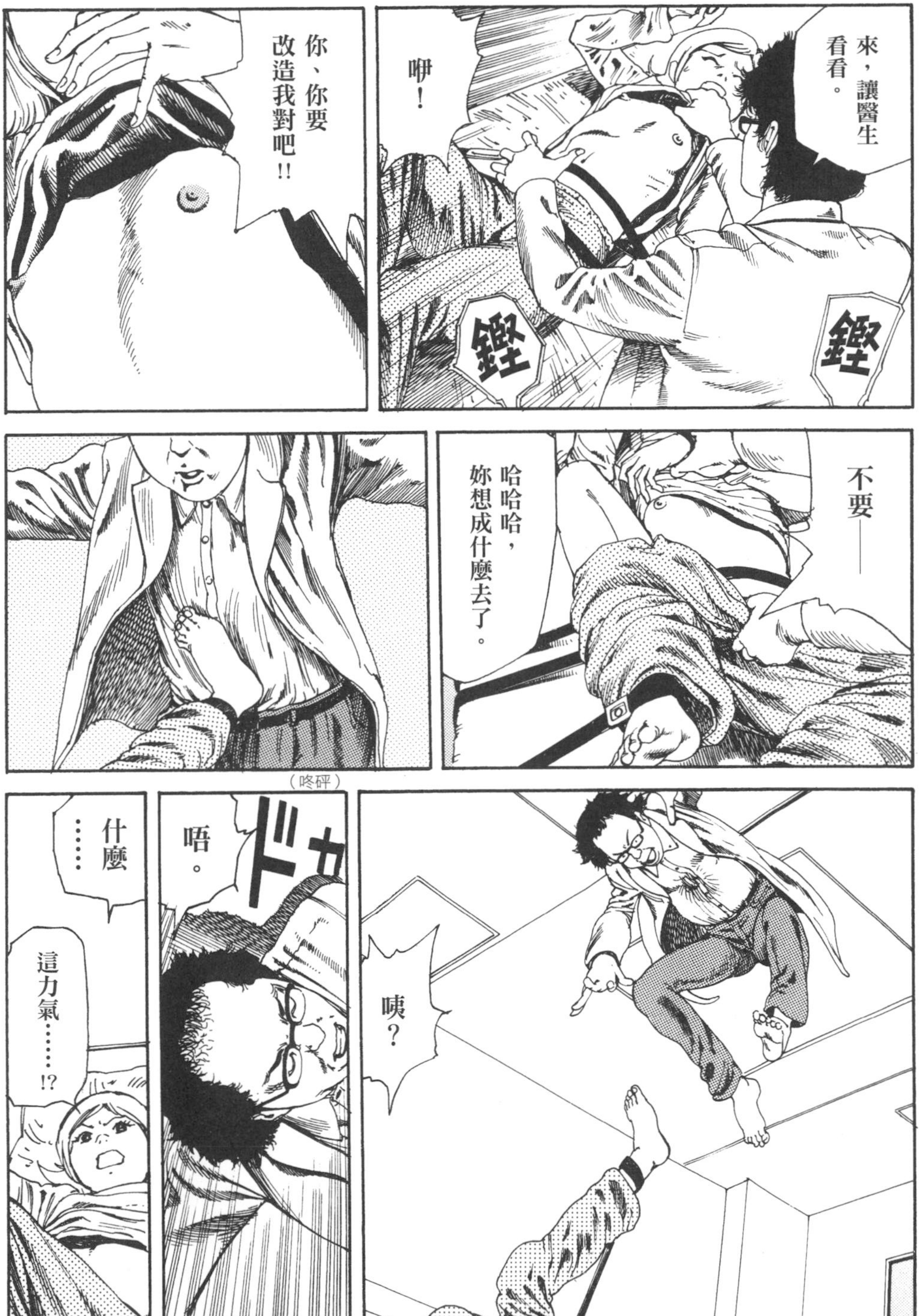
來，讓醫生看看。
咿！
鏗
鏗
你、你要改造我對吧!!
不要——
哈哈哈，妳想成什麼去了。
噫？
ドカ
（咚砰）
唔。
什麼……
這力氣……!?

……
我想和妳
一起玩
難道說……
我已經被改造成
機器人了嗎？
嗯？
而且……
他們搞不好
正在把我改造成
機器人……
我也想，
但我被綁在
床上，
不能動。
在大腦被
改造前逃跑吧！
我去妳那邊。
不要緊的，
妳的頭腦還
很清楚，
還來得及。
咦？
窗戶下面。
窗戶右下角
應該有個
按鈕喔。
怎麼來？
我被綁著，
窗戶也鎖著。

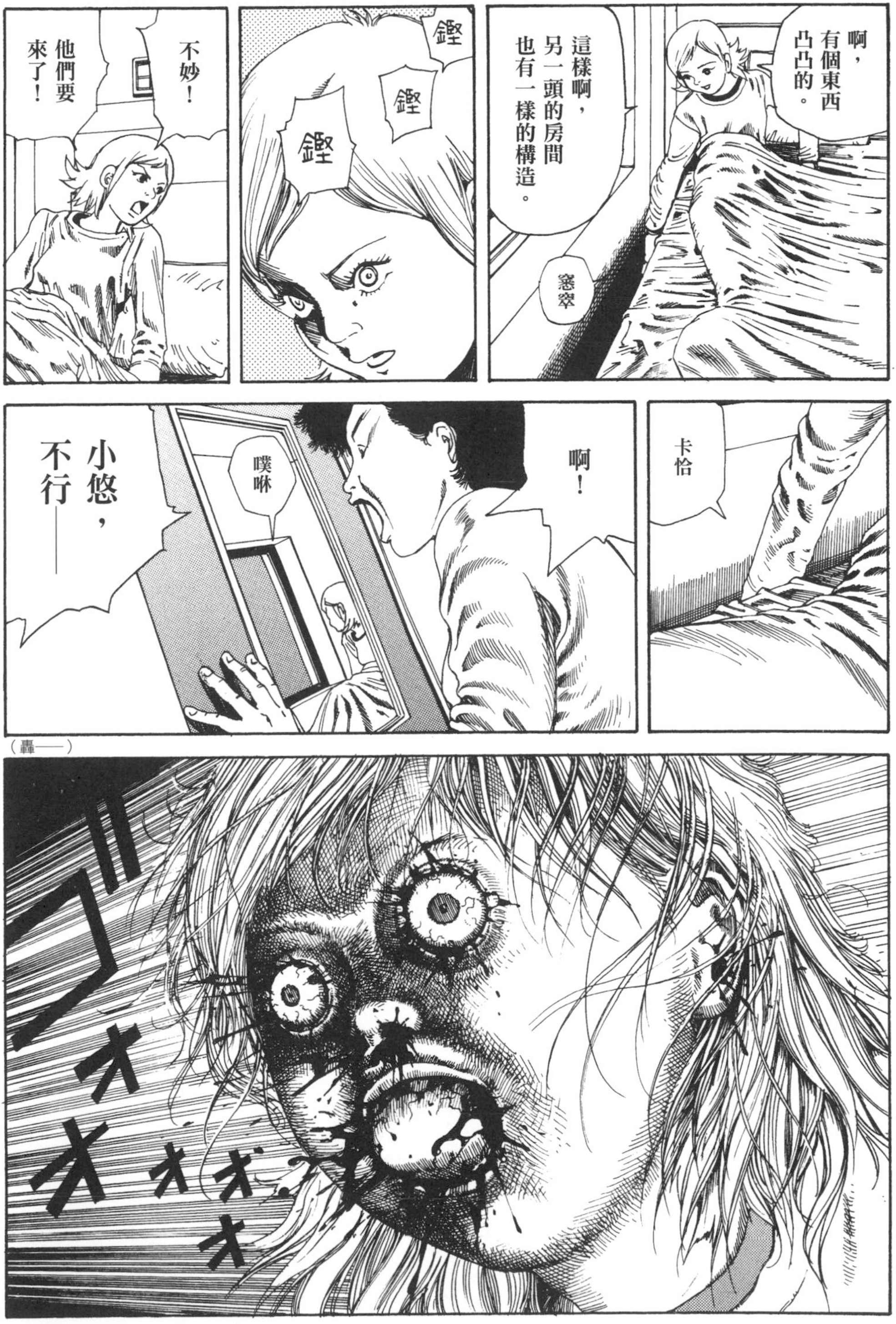
啊，有個東西凸凸的。
這樣啊，另一頭的房間也有一樣的構造。
窸窣
鏗
鏗
鏗
不妙！他們要來了！
卡恰
啊！
噗咻
小悠，不行──
（轟──）

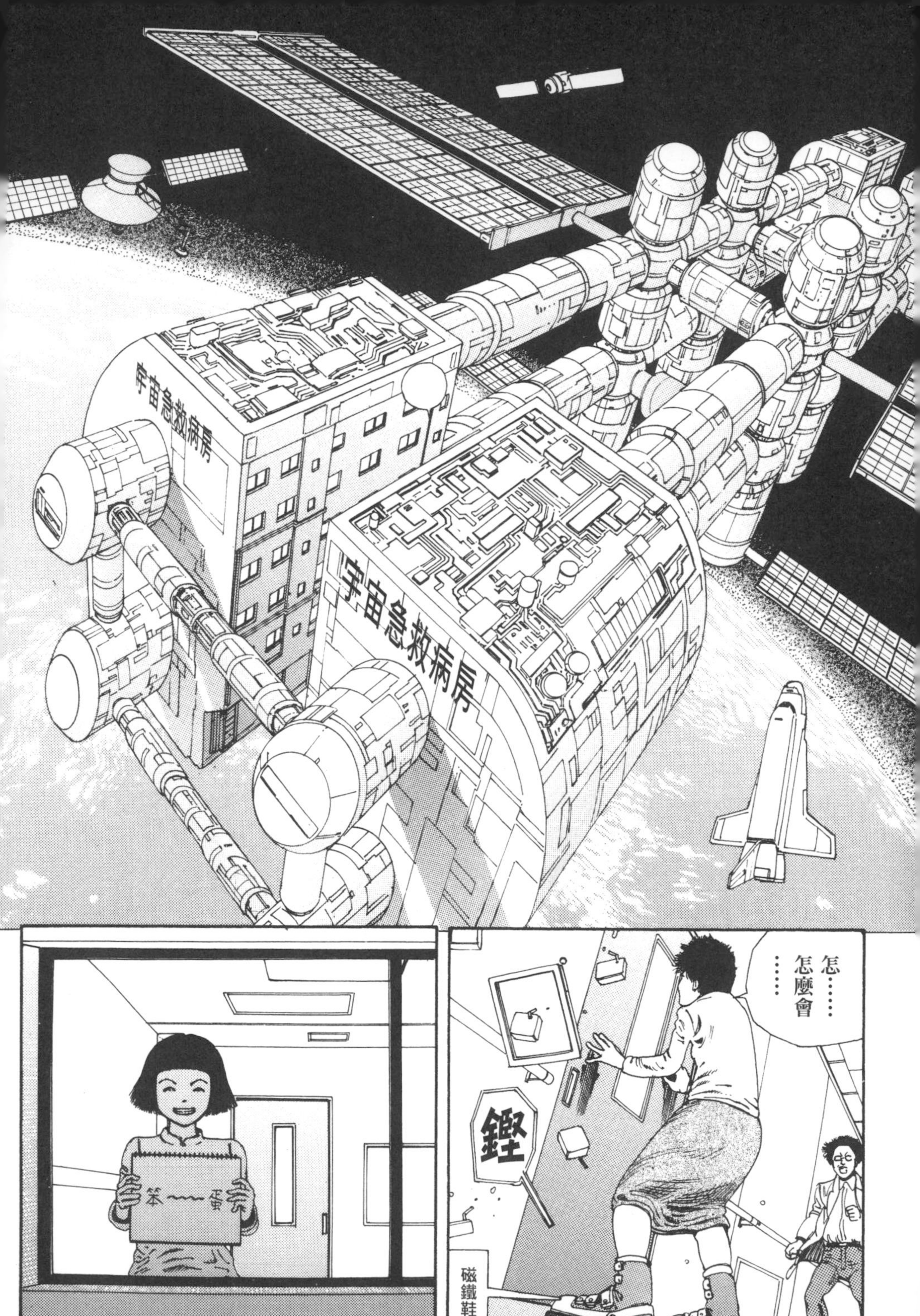
宇宙急救病房
宇宙急救病房
怎……
怎麼會……
鏗
磁鐵鞋
笨～～蛋

初次刊登處

歪像冥獸：未發表新作

美少女偵探　天外沙霧：《青澀 mode》（うぶモード）2010 年 7 月號

雨女：《青澀 mode》2009 年 1 月號

分送：《青澀 mode》2010 年 1 月號

轉學生：《青澀 mode》2009 年 3 月號

忘東忘西：《青澀 mode》2009 年 7 月號

濫捕：《青澀 mode》2009 年 5 月號

強迫推銷：《青澀 mode》2009 年 11 月號

轉移：《青澀 mode》2010 年 3 月號

改造：《青澀 mode》2010 年 5 月號

歪像冥獸

アナモルフォシスの冥獸

PaperFilm FC2066
一版一刷 2021年8月
一版四刷 2024年6月

原著作者 **駕籠真太郎**
譯者 黃鴻硯
責任編輯 陳雨柔
封面設計 馮議徹
內頁排版 傅婉琪
行銷企畫 陳彩玉、陳紫晴、楊凱雯

發行人 何飛鵬
副總編輯 陳雨柔
編輯總監 劉麗真
事業群總經理 謝至平
出版 臉譜出版
城邦文化事業股份有限公司
115台北市南港區昆陽街16號4樓
電話：886-2-2500-0888 傳真：2500-1951

發行 英屬蓋曼群島商家庭傳媒股份有限公司城邦分公司
115台北市南港區昆陽街16號8樓
客服專線：02-25007718；25007719
24小時傳真專線：02-25001990；25001991
服務時間：週一至週五上午09:30-12:00；下午13:30-17:00
劃撥帳號：19863813 戶名：書虫股份有限公司
讀者服務信箱：service@readingclub.com.tw
城邦網址：http://www.cite.com.tw

香港發行所 城邦（香港）出版集團有限公司
香港九龍土瓜灣土瓜灣道86號順聯工業大廈6樓A室
電話：852-25086231 傳真：852-25789337

新馬發行所 城邦（新、馬）出版集團
Cite（M）Sdn. Bhd.（458372U）
41-3, Jalan Radin Anum, Bandar Baru Sri Petaling,
57000 Kuala Lumpur, Malaysia.
電話：603-90563833 傳真：603-90576622
電子信箱：services@cite.my

ISBN 978-626-315-008-9

售價：300 元
本書如有缺頁、破損、倒裝，請寄回更換